E-Z DICKENS SUPERHELT BOK FIRE
PÅ IS

Cathy McGough

Stratford Living Publishing

Inhaltsliste

For hverdagens superhelter.

"Du kan ikke slå den som aldri gir opp."

Babe Ruth

PROLOG

D AGEN ETTER VAR DET skoledag, men siden verdens undergang var nært forestående, hadde verken E-Z eller Lia tenkt å gå dit.

"Jeg har en veldig dårlig følelse", sa Lia.

Det var frokosttid, og hun og E-Z var alene. Sam og Samantha sov fortsatt, det samme gjorde tvillingene Jack og Jill.

"Hva slags dårlig samvittighet?", spurte han og øste mer frokostblanding i munnen.

"Du vet i går kveld, da jeg syntes jeg hørte noe?"

"Ja, men du sa at det var falsk alarm. At lydene forsvant, og at alt gikk tilbake til det normale."

"Det gjorde det, og det gjorde det ikke. Det er vanskelig å forklare. Jeg hørte Rosalie rope på meg, og så sluttet hun. Hun prøvde ikke igjen, så jeg trodde at alt var i orden. Men nå er jeg bekymret fordi jeg ikke fikk tak i henne. Hun har ikke svart på noen av meldingene mine. Jeg tror vi bør dra og se til henne. For sikkerhets skyld. Det vil gjøre det lettere for meg å vite det. Ellers får jeg ikke gjort noe som helst i dag."

"Kanskje hun sover lenge? Eller så har hun gått tom for batteri." Han drakk opp appelsinjuicen og gikk ut fra bordet. Han satte oppvasken inn i oppvaskmaskinen.

"Det er mulig. Men jeg har likevel lyst til å treffe henne."

"La oss besøke henne, så du får ro i sjelen", sa han mens han ringte etter en taxi. "Jeg håper de slipper oss inn. Vi er tross alt ikke slektninger."

De kjørte gjennom byen og spurte etter Rosalie i resepsjonen. "Er dere i familie?", spurte kvinnen. Begge svarte at de ikke var det. "Slå dere ned, er dere snille", sa hun.

"Ser du", hvisket Lia. "Hun så ut til å være tilbakeholden. Som om hun skjuler noe."

"Ja, det så jeg også. Men kanskje vi innbiller oss det fordi vi er bekymret for Rosalie. Alt vi kan gjøre, er å vente og prøve å holde oss opptatt. Vi er her, og vi gir oss ikke før vi ser at hun har det bra."

En halvtime senere ventet de fortsatt, og de ble mer og mer rastløse etter hvert som tiden gikk.

Lia reiste seg opp. "Jeg kan ikke vente lenger."

E-Z sa: "Jøss! Vent litt." Hun satte seg ned igjen. "La oss vente en halvtime til før vi går amok på dem."

"Hva betyr det å gå amok?" spurte Lia.

"Å, jeg glemmer hele tiden at du ikke er herfra. Det betyr at man angriper noe med alle våpen i hånd. Som en siste utvei. Det er selvfølgelig en talemåte. Selv om noen postansatte har tatt det bokstavelig."

"Hadde vi vært voksne, ville de nok ha snakket med oss nå. Noen ganger hater jeg å være barn."

"Det har sine fordeler", sier E-Z. "Prøv å spille et spill på telefonen eller lese en bok. Det får tiden til å gå, og de er mer hjelpsomme hvis vi er tålmodige."

"Skulle ønske jeg hadde tatt med hodetelefonene mine. Da kunne jeg ha hørt på Taylor Swifts nye låter."

"Her", sa han. "Du kan låne mine."

Det gikk en halvtime til, og E-Z gikk rolig tilbake til disken. Lia ble igjen og hørte på musikk. Han kastet et blikk bakover. Hun hadde lukket øynene. Hun hadde ikke engang lagt merke til at han var borte.

"Har du hørt noe om når vi kan treffe Rosalie?" spurte han.

"Beklager, det er noen som kommer ut for å treffe deg. Hun vet at dere er her og venter." Kvinnen klikket på tastaturet. Da E-Z ikke flyttet seg, gjorde hun et nytt forsøk på å få ham til å gjøre det. "Jeg snakket med sjefen min personlig. Hun kommer ut for å snakke med deg så snart hun kan. Vennligst bli med vennen din." Hun viftet med hånden i retning Lia, som var opptatt med telefonen sin.

E-Z gikk motvillig tilbake til Lia. Han så hvordan folk myldret rundt. Noen var beboere med rullatorer. Noen få satt i rullestol og ble dyttet av pleiere, mens andre trillet hjulene sine selv. De fleste beboerne smilte i hans retning, noen få vinket. Han lurte på hvor mange av dem som fikk regelmessig besøk. Han håpet at de fleste gjorde det.

Etter hvert som dørene åpnet og lukket seg, nådde lukten av lunsj neseborene hans, og magen rumlet. Han lurte på hvilke delikatesser beboerne spiste i dag. Kanskje fish and chips. Kanskje litt pai a la mode. Han ønsket at han hadde spist en større frokost da Lia ga ham hodetelefonene tilbake.

"Har du fått fart på sakene? Jeg er skrubbsulten!"

"Jeg også, men egentlig ikke. Hun sa at sjefen kommer snart, men jeg skjønner ikke hvorfor Rosalie ikke bare kommer og besøker oss. Hva er problemet?"

"Jeg føler ikke at hun er til stede her", sier Lia. "Det er som om vi er frakoblet. Musikken distraherte meg en stund, men nå tenker jeg på den igjen og er sulten. Ingen god kombinasjon."

"Jeg skjønner hva du mener", sa E-Z da en høy kvinne med direktørskilt kom mot dem og presenterte seg.

"Jeg heter Eleanor Wilkinson og er daglig leder her." Hun tok dem i hånden. "Jeg forstår at dere er venner med Rosalie. Har dere besøkt henne her før?"

"Nei, vi har ikke vært her", sa Lia. "Men vi er venner med henne, nære venner. Og vi er bekymret for henne. Hun svarte ikke på meldingene mine eller tok telefonen."

Wilkinson sa: "Jeg beklager å måtte si det, men Rosalie døde i løpet av natten. Vi venter på at hennes nærmeste pårørende skal komme. De bor ikke i nærheten.

"Jeg beklager at dere måtte vente så lenge. "Men jeg måtte snakke med dem før jeg snakket med deg. Det forstår du nok. Vi har retningslinjer å følge."

Lia falt tilbake i stolen og begynte å hulke, mens E-Z tok hånden hennes i sin, og de satt stille i noen sekunder før han spurte: "Hva skjedde med henne?"

"Det er under etterforskning", sa Wilkinson. "Beklager, jeg kan ikke si noe mer. Med mindre du er i familie. Jeg kondolerer."

"Hun betydde alt for meg", sa Lia.

"Hvordan møtte du henne?" spurte Wilkinson. "Hun var en flott dame. Elsket av alle." "Vi møttes gjennom en venninne", løy Lia.

"Interessant", sa Wilkinson, "med tanke på aldersforskjellen."

"Mener du fordi jeg er et barn og hun ikke er det? Jeg mener ikke var det", spurte Lia sint. Hun reiste seg opp.

"Beklager, det var ikke meningen å gjøre deg opprørt. Det er klart at mange av beboerne her gjerne vil ha venner å prate med. Spesielt interesserte barn som dere, som de kan fortelle historiene sine til. Slik at de ikke blir glemt etter at de er borte."

"Vi kommer alltid til å huske Rosalie", sa E-Z.

"Kan vi få treffe henne og ta farvel?" spurte Lia.

"Jeg er redd det ikke er aktuelt. Vi har prosedyrer. Men hvis dere legger igjen opplysninger og et telefonnummer i resepsjonen, kan vi ringe dere. Da får du vite når besøket og begravelsen finner sted."

E-Z la igjen telefonnummeret sitt i resepsjonen. De skulle til å sette seg i en taxi da han kom på boken.

"Vent her", sa han. "Jeg er straks tilbake."

Han gikk bort til resepsjonen.

"Jeg beklager, men vi kan ikke akseptere at vår venninne Rosalie er død. Ikke før minst én av oss har sett henne. Ms. Wilkinson sa at vi ikke kunne gå inn, men kan jeg stikke hodet inn på rommet? Jeg blir ikke lenge. Så jeg kan si til vennen min at jeg har sett Rosalie og kan bekrefte at hun ikke er her lenger? Hun har vært gjennom så mye, med å miste øynene og alt. Det ville gjøre det lettere for henne å få visshet fra noen hun kjenner og stoler på."

"Stakkars liten. Det forstår jeg godt. Bli med meg," sa kvinnen. Da hun var på den andre siden av skrivebordet, ba hun en kollega om å ta over for henne. "Jeg er straks tilbake", sa hun.

E-Z fulgte etter henne inn i hjertet av eldreboligen. Det var lyst, ikke så deprimerende som han hadde hørt at slike boliger kunne være, men veldig stille. Sannsynligvis fordi alle satt og spiste lunsj i kafeteriaen. Magen rumlet igjen.

"Alle er i spisesalen", sa kvinnen som om hun visste hva han tenkte på. "I dag er det fish and chips med rød gelé og kremfløte til dessert. Et umåtelig populært måltid som alle vil være med på. En hvilken som helst annen dag ville det vært umulig å slippe deg inn, for da ville det vært for mye folk."

"Det lukter jammen godt", sa E-Z. "Og takk for hjelpen. "Og takk for hjelpen, jeg, vi, setter stor pris på den."

Hun stoppet og dro opp døren.

"Dette er Rosalies rom. Jeg venter her. Du har to minutter eller mindre hvis noen ser meg."

"Takk igjen", sa E-Z da døren gikk igjen bak ham. Det luktet merkelig, som om det hadde vært et bål. Han så seg rundt i rommet etter kameraer. Så vidt han visste, fantes det ingen.

Under det hvite lakenet var vennen deres dekket fra topp til tå. Han gikk nærmere, kjempet mot lysten til å flykte, men måtte være sikker, se det med egne øyne. Han trakk lakenet tilbake og så det falle til gulvet som et spøkelse.

Umiddelbart steg en lukt opp i neseborene hans. Som grillmat. Brent kjøtt. Og han så Rosalies arm henge ned, dekket av brannsår og blemmer. Hva hadde skjedd med henne? Hvem hadde gjort dette forferdelige mot henne, og hvorfor?

Han skjøv stolen til side og så seg rundt i rommet, som var plettfritt og uten tegn til brann. Det kunne ikke ha skjedd her. Hvis ikke, hvor da? Flyttet de henne inn på dette rommet etterpå?

Kvinnen i døren banket på. "Vær så snill, skynd deg!" sa hun.

Han åpnet nattbordskuffen hennes. Der lå den. Boken Rosalie hadde fortalt dem om. Den der hun hadde skrevet ned informasjonen om de andre barna.

"Tiden er ute", sa kvinnen.

E-Z stappet boken bak ryggen. Han trykket på knappen for å åpne døren, og de gikk tilbake til resepsjonen.

"Takk", sa han. "Fra min venn og meg. Du har gitt oss fred. Vennligst gi oss beskjed om når begravelsen og besøket vil finne sted. En ting til: Jeg la merke til at hun hadde brannskader på kroppen. Var det noen andre beboere som ble skadet i brannen?"

"Jøss", sa kvinnen. "Det vet jeg ikke. Jeg har ikke hørt noe om noen brann. Jeg har ikke sett liket, jeg mener Rosalie selv. Jeg har bare fått vite at hun har gått bort. Jeg vet ikke noe om detaljene."

"Det går bra", beroliget E-Z henne. "Jeg skal ikke si noe. Jeg setter pris på alt du har gjort. Takk skal du ha."

"Det har ikke vært noen brann her", sa hun. "Ingen alarm ble utløst så vidt jeg vet. Ingen brannbiler ble tilkalt. Jøss."

E-Z vinket og gikk bort fra disken. Kvinnen snakket fortsatt for seg selv. Han tenkte at det var best for ham å komme seg ut derfra.

Sjåføren hjalp E-Z inn i baksetet ved siden av den ventende Lia og stuet rullestolen hans inn i bagasjerommet.

"Det tok en evighet," klaget Lia. "Hva er det?"

Hun prøvde å ta boken, men E-Z holdt den fast. Han la merke til at avgiften på parkometeret allerede var høyere enn det han hadde med seg.

"Det var ikke til å unngå. Jeg kikket litt på Rosalie. Og jeg tok denne. Det er boken hun fortalte oss om. Vi sjekker den ut når vi kommer hjem." Han hvisket: "Har du noen penger?"

Til sammen hadde de ikke nok til å dekke drosjeavgiften.

"Du må be mamma eller onkel Sam om hjelp", sa han da sjåføren stoppet ved huset.

Sjåføren hjalp E-Z tilbake i stolen, mens Lia løp inn. Hun kom ut med nok penger til å dekke billettprisen, og sjåføren kjørte videre.

"Sam ga meg pengene."

"Spurte han hva de var til?"

"Nei, men det kommer han nok til å gjøre."

Inne på kjøkkenet myldret Sam og Samantha rundt. De forsøkte å lage frokost i all hast mens tvillingene skrek sultent til dem.

"Hvorfor er du ikke på skolen?" spurte Sam.

"Jeg forklarer senere. Kan vi hjelpe til?"

"Nei, men takk", sa Samantha. Hun begynte å mate Jack.

Sam nikket og begynte å mate Jill.

E-Z og Lia gikk inn på rommet hans og lukket døren. Alfred satt og leste avisen.

"Rosalie er død", utbrøt Lia og falt på kne og hulket, mens E-Z la armen rundt henne og Alfred skyndte seg til henne. De tre klemte hverandre og gråt til de ikke hadde flere tårer igjen.

"Hva er det du har der?" spurte Alfred.

"Jeg tok boken."

Lia plukket den opp, reiste seg og holdt den mot brystet som om hun klemte vennen sin, men i stedet så hun det hele. Rosalie i Det hvite rommet. Furiene i Det hvite rommet sammen med henne. Bøker som brant. Hyller som falt. Ild overalt.

Lia falt på kne.

"Hun var så modig. Så veldig modig."

"Så du brannen?" spurte E-Z. "Hva skjedde?"

"Du visste om brannen?"

Han nikket.

"Hvorfor sa du ikke noe?" Hun visste allerede svaret på spørsmålet. Han beskyttet henne mot sannheten. "Da jeg tok på boken, så jeg alt. Rosalie var i Det hvite rommet. Og Furiene var der sammen med henne. De ville at hun skulle fortelle dem om oss og de andre barna. De torturerte henne, men hun ga ikke etter."

"Hvorfor ringte hun ikke til oss?"

"Hun prøvde. Jeg visste ikke at det gjaldt liv eller død. Det forsvant, så jeg trodde alt var i orden."

"Det er ikke din feil", sa E-Z.

"Hun døde alene, under bokhyllene, med brennende bøker rundt seg. Hun fortjente ikke å dø på den måten. Ingen fortjener å dø på den måten." Hun hulket i hendene.

"Stakkars Rosalie," sa han. "Hun kunne ha tilkalt meg. Hun har gjort det før. Hvorfor tilkalte hun meg ikke?"

"Fordi hun ville ha satt deg i fare. Hun døde for å beskytte oss."

"Så furiene prøvde å få navnene våre og de andre barna ut av henne, og hun ofret seg for å redde oss? For å bevare hemmeligheten vår. For en fantastisk kvinne Rosalie var. Vi kommer aldri til å glemme henne - aldri", sa Alfred mens han kjempet mot tårene. "Hun fortjener en medalje. En æresmedalje."

"Vent litt, kanskje de blokkerte henne fra å ringe oss?" sa E-Z.

"Hun sendte meg et SOS, men det har hun gjort før. En gang gjorde hun det da de gikk tom for te på hjemmet, og hun ville snakke ut om det. Jeg visste ikke at dette SOS-et betydde at hun var i livsfare."

"Du kunne ikke vite det. Det kunne ingen av oss. Vi kan ikke klandre oss selv." Alle tre var stille. "Vent litt, la oss se på boken."

"Det er alt hun sa at den ville være. En komplett liste med detaljer om alle barna som er som oss. Takk og lov for at Furiene ikke fikk tak i denne!"

"Hei, vent litt!" sa E-Z. "Bare tanken på at de torturerte henne for å finne ut informasjon om oss og de andre, betyr at The Furies vet at vi alle eksisterer. Det betyr at disse barna er der ute, helt alene, og at de ikke engang vet hva som kommer til å skje!

"Vi må finne dem først. For det er bare et tidsspørsmål før - uansett hvordan de fant ut om oss, dem - finner ut hvor de er."

"Men hva om dette er en felle, slik at vi kan lede The Furies direkte til dem?" spurte Alfred.

"Jeg tror ikke de vet hvor de kan finne oss, ellers hadde de vel vært her?" spurte E-Z. "Jeg mener, de hadde jo overraskelsesmomentet. Ved å drepe Rosalie har de avslørt seg. La oss få vite at de vet noe... sannsynligvis for å få oss til å tro at det er vi som bestemmer." "Hva med de andre barna?" spurte Lia. "Hvordan skal vi nå frem til dem uten å avsløre oss selv?"

"Hadz? Reiki?" E-Z ropte. "Hvis dere kan høre meg, trenger vi innspillene og hjelpen deres."

POP.

POP.

"Vet dere om Rosalie?" spurte han.

"Ja, det gjør vi, og det er en trist, trist historie å fortelle", sa Hadz og tørket bort tårene med vingene. "De torturerte henne her i Det hvite rommet. Og som om ikke det var ille nok - de ødela det og alt som var der. Alle de vakre, bevingede bøkene - borte. Rosalie, borte. Borte." Hun klarte ikke å snakke mer på grunn av hulkene.

"Så, så", sa Reiki. "Og det er ikke alt. Vi vet ikke hva som skjedde med Rosalies sjel."

"Vent, kroppen hennes ligger i sengen på rommet hennes på den andre siden av byen på eldrehjemmet. Kanskje sjelen hennes er der sammen med henne?" spurte E-Z.

Reiki sa: "Har du noe som er forseglet, lukket, fra luft, fra alt? Hvis ja, kan du hente det med en gang - så går vi og ser om Rosalies sjel er hos henne. Vi overtaler den til å gå inn i beholderen - midlertidig - til vi finner ut hvor sjelefangeren hennes er. Jeg håper virkelig ikke furiene har tatt den."

E-Z skyndte seg ut på kjøkkenet, der Sam og Samantha var opptatt med å mate tvillingene. "Har vi fortsatt den store termosen?"

"Ja, den står i skapet over kjøleskapet", sa Sam, og så kurret han til sønnen.

"Takk", sa E-Z mens han gikk tilbake til rommet sitt. "Holder dette?"

Begge to måtte bære beholderen.

"Vent!" ropte Alfred, akkurat i tide til å fange dem opp før Hadz og Reiki kom ut. "Kanskje jeg kan hjelpe? Jeg har helbredende krefter. Ta meg med dere. La meg prøve. Vær så snill."

POP

POP

FLIMMER

De tre forsvant og landet på Rosalies rom.

"Der er hun," sa Alfred og hoppet opp på sengen, forsiktig så han ikke tråkket på henne med svømmehudføttene sine. Med nebbet løftet han lakenet, mens Hadz og Reiki svevde i nærheten.

"Hva skal han gjøre?", spurte Reiki. spurte Reiki.

"Hysj," sa Hadz.

Alfred plasserte nebbet på Rosalies panne og berørte hjertet hennes med den ene vingen. Ingenting skjedde.

"La meg prøve noe annet," sa svanen. Denne gangen svevde han over Rosalies kropp med pannen presset mot hennes. Igjen skjedde det ingenting.

"Du har gjort ditt beste," sa Hadz, "nå må vi sikre sjelen hennes. Kom ut, kom ut hvor enn du er."

Og med ett drev Rosalies sjel mot dem.

"Du er trygg her inne", sa Reiki mens sjelen ble lokket inn i beholderen, og lokket ble lukket godt igjen.

POP.

POP.

FISSEL.

"Klarte du å hjelpe henne?" spurte Lia, men hun visste allerede svaret ut fra blikket i Alfreds øyne. Hun klemte ham: "Jeg er sikker på at du gjorde ditt aller beste."

"Det gjorde han virkelig," sa Hadz.

"Men sjelen hennes er trygg her... ingen bør åpne den. Den må oppbevares trygt til sjelefangeren er klar til å ta den."

"Kanskje du burde ta den med deg?" sa Alfred. "Og takk for at jeg fikk prøve."

På E-Zs rom la De tre en plan for å samle de andre barna. Det ble bestemt at E-Z skulle reise til Australia for å hente Lachie - også kjent som Gutten i esken. Alfred skulle fly til Japan for å hente Haruto, gutten som var blitt forlatt i skogen. Sist, men ikke minst, skulle Lia reise gjennom USA for å hente Brandy, jenta som kunne bli levende igjen.

Oppdragene deres var klare, men ikke hva de skulle gjøre når de kom frem. De andre var i ulike aldre, fra ulike kulturer og snakket ulike språk. Noen ville trenge tillatelse fra foreldrene sine, andre ikke. "Jeg lurer på hva Rosalie har fortalt dem om oss." spurte Lia.

"Vi kan spørre dem når vi treffer dem," foreslår Alfred.

"I mellomtiden må vi pakke kofferter og planlegge. Jeg tar meg dit i stolen min, men dere to har flere alternativer. Bestem dere for hva som passer best for dere, og sett planen deres ut i livet. Jeg stoler på at dere tar den riktige avgjørelsen, og tiden går."

"Jeg er glad du sa det", sa Lia, "for jeg er ikke sikker på om jeg har lyst til å fly dit. Jeg tenker at Lille Dorrit kanskje er det beste alternativet, men jeg er ikke sikker på om hun vil like det. Hun flyr ut med én passasjer og kommer tilbake med to."

"Jeg er heller ikke sikker," sa Alfred. "Jeg kunne fly dit av egen fri vilje, men siden Haruto er ganske ung, må jeg være med ham på flyet - med mindre foreldrene hans også blir med. I tillegg må jeg bekymre meg for dårlig vær - og det er langt dit."

"Som sagt, dere to bestemmer selv hva som passer best for dere. Alfred, hvis du bestemmer deg for å fly, kan du be onkel Sam om å ordne detaljene for deg."

De tre forberedte seg på å samle alle barna. Så skulle de legge en plan - for å bekjempe de onde furiene. Selv om det var den siste planen de noensinne la.

KAPITTEL 1

AUSTRALIA

E-Z VAR DEN FØRSTE i teamet som forlot Nord-Amerika. Han fløy over himmelen i rullestolen sin og nøt friheten som den frie luften ga ham. Bare tanken på å pakke inn rullestolen på flyet ga ham frysninger. Hva om den ble borte? Eller ble ødelagt? Det var ikke verdt å ta den risikoen. Ville Batman forlate Batmobilen sin? Aldri.

Men han var ganske sikker på at han måtte ta et fly tilbake med Lachie. Det ville ikke være riktig å tvinge gutten til å fly alene. Kanskje de ville gjøre et unntak for ham og la ham fly i rullestolen? Det ville være verdt å forhøre seg. Han ville krysse den broen når han kom til den. Dessuten ville han ikke engang TENKE på flymaten. Gudskjelov at han hadde med seg matpakke nå.

Han lekte med skyene - og et par ganger gikk han rett gjennom dem. Men han måtte konsentrere seg. Australia lå tross alt på den andre siden av jordkloden.

Rosalies notater om gutten i esken var ikke så nyttige som han hadde håpet. Han hadde lest om historien hans på internett. Det som skilte seg mest ut for ham, var at gutten nå foretrakk dyr fremfor mennesker. Det ga mening etter alt han hadde vært gjennom.

Den stakkars gutten var så ødelagt da de fant ham, at han hadde glemt å snakke. E-Z visste at det fantes grusomheter i verden, men dette var ubeskrivelig.

E-Z hadde mange spørsmål han håpet å finne svar på, for eksempel hvor var Lachies foreldre? Hvem matet og vasket buret hans? Hvem plasserte ham der? Og hvorfor?

I artikkelen sto det at de sendte ut journalister for å ta bilder av gutten for å se hvordan han hadde det, men dyrene lot dem ikke komme nær. Selv ikke da de prøvde å bruke teleobjektiv. Skarvene angrep og bombarderte dem. Han så noen klipp av skjæreangrep - det var som noe fra Hitchcock-filmen Fuglene. Til slutt fløy en av skjærene av gårde med reporterens objektiv. Etter det lot de gutten være i fred.

E-Z håpet at han kunne vinne guttens tillit. Og at dyrevennene hans også ville stole på ham. Hvis ikke ville reisen hans være meningsløs. Vel, ikke helt meningsløs hvis han møtte og snakket med gutten. Ville han ønske å hjelpe andre etter måten han var blitt behandlet på? Det ville bare tiden vise.

Han fløy over Atlanterhavet. Han hadde fløyet denne ruten før, og det var her han hadde møtt Alfred for første gang. Telefonen i lommen vibrerte - han tok en titt, og det var en melding fra Lia.

"Jeg ville bare fortelle deg at jeg reiser sammen med Little Dorrit."

"Du bestemte deg for ikke å fly - i et fly - likevel?"

"Lille Dorrit dukket opp, og hun står på timeplanen min."

"Høres ut som en plan." Han sendte en tommel opp-emoji.

"Hvor er du?" spurte hun.

"Rett over Atlanterhavet. Vann, vann og atter vann."

De koblet fra, og han satte opp farten og krysset Afrika, der han fikk øye på Robben Island - fengselet der Nelson Mandela hadde sittet i nesten tretti år.

Magen knurret, og han hadde ikke lyst på smørbrødet i ryggsekken. Han satte derfor foten ned i Cape Town og håpet at han kunne bruke bankkortet sitt til å få seg noe å spise. Han fikk øye på et skilt til et sted som solgte "Traditional Fish and Chips" med britisk flagg, og de tok imot bankkort. Han tok med seg det tilberedte måltidet og fløy opp til toppen av Lion's Head. Etter at han hadde spist opp måltidet, som var nydelig, tok han en selfie og fortsatte deretter reisen.

"Vekk meg om to timer", sa han til rullestolen som vibrerte og deretter satte farten opp. Da han våknet igjen, var han på vei over Det indiske hav. Den enorme stjernehimmelen rundt ham fikk ham til å føle seg mindre alene. Han reiste videre og følte seg triumferende over at han nesten var i mål da han så solen i horisonten presse seg oppover himmelen for å innlede den nye dagen.

Så var den der, rett foran ham - Australias kyst. Spent på å se den med egne øyne satte han opp farten og kjørte mot den. Da han innså at han var veldig tørst, stakk han hånden ned i ryggsekken og fant frem en flaske vann som han tømte. Den tomme flasken la han tilbake i sekken for å kaste den senere, og selv om han fortsatt var ganske mett av fish and chips som han hadde spist tidligere. Han bestemte seg for å spise skinke- og ostesmørbrødet som onkel Sam hadde pakket.

Han fløy over Vest-Australia, og da han nå kjente varmen, tok han av seg genseren og la den i ryggsekken. Han fortsatte inn i The Outback i Northern Territory og lurte på hvor han skulle lande da en liten fugl med fjær i blå nyanser og en svart ring rundt halsen fløy mot ham.

"Følg meg, E-Z", sa hun. "Jeg har holdt utkikk etter deg."

"Hva er du?" spurte han.

"Jeg er en gærdesmutte," sa hun. "Kom, han venter."

En gruppe musvåker fulgte etter dem.

"Ta det med ro," sa alvekongefuglen. "De er ledsagerne våre."

Han observerte den unike formen de hvite stripene til svartbrystvåkene beveget seg i. Han hadde hørt om poesi i bevegelse, og nå visste han nøyaktig hva uttrykket betydde.

Så fikk han øye på gutten. Han var under dem og vinket. E-Z vinket tilbake. Bortsett fra at han satt på ryggen til en usedvanlig stor fugl, så han ut som en hvilken som helst annen gutt.

"Velkommen til Australia", sa han. "Det blir snart mørkt, så bli med meg. Du kan forresten kalle meg Lachie."

"Hyggelig å møte deg, Lachie! Jeg gleder meg til å se mer av det fantastiske landet ditt. Skulle bare ønske jeg kunne bli lenger."

"Dette er Savanna Woodlands", sa gutten. "Pust dypt inn, så vil du legge merke til duften av eukalyptus."

"Ja, det lukter vidunderlig", sa E-Z.

De reiste videre, gjennom steinland, over flomsletter og billabongs. Til slutt nådde de bestemmelsesstedet i The Outliers.

"Det er her jeg bor", sa gutten. "Kakadu nasjonalpark er Australias største landbaserte nasjonalpark med over 20 000 kvadratkilometer land. Her bor jeg sammen med plantene og dyrene."

Gærdesmeden landet på hodet hans. "Å, du er trøtt igjen", sa gutten med et smil. Så til E-Z: "Hun trenger ofte skyss."

Da de kom til et område som lignet på en campingplass, sa gutten: "Velkommen til hjemmet mitt."

"Takk", sa E-Z. "Jeg kunne godt trenge en dusj, eller et bad, og jeg må tisse."

"Jeg har gravd ut et dass der borte bak treet. Der er du trygg nok. Så skal jeg vise deg hvor fossen er, så du kan vaske deg."

"En foss, hva? Er det noen krokodiller der?"

"Det er krokodiller i nærheten, men de er vant til at jeg bruker fossen. Jeg kan bli med deg den første gangen, hvis du vil?"

"Nei, jeg har vinger, og det har stolen min også. Vi flyr vekk hvis vi hører et kraftig plask!"

"Bra," sa den yngste. "Bare svev i det fallende vannet - ikke land - så går det bra. I mellomtiden skal jeg hente litt mat til middagen. Hvis du trenger hjelp, roper du bare, så kommer jeg løpende."

Da han nærmet seg fossen, la han merke til skiltene - og det var mange av dem med FARE og ADVARSEL på. På det ene sto det at det var både saltvanns- og ferskvannskrokodiller i nærheten. Fy søren.

"Opp, til toppen!" instruerte han stolen sin. Han gikk rett ut i vannet med ansiktet først og ble sittende og nyte det mens det falt over og rundt ham. Det var kaldt til å begynne med, men da han ble vant til det, føltes det bra.

Mens han så seg rundt, tenkte han på emuen som gutten hadde møtt ham på. Det virket merkelig at en fugl på den størrelsen - med de enorme vingene - ikke kunne fly. Han leste om fugler som ikke kunne fly på nettet. Han ble overrasket over å se kiwier sammen med emuer, strutser, pingviner, kasuarer og nanduer på listen. Han leste på nettet at ratittenes DNA hadde endret seg slik at de nå ikke kan fly. Han fikk litt dårlig samvittighet for at han, en gutt, kunne fly når de vakre fuglene ikke kunne det.

Da han var ren og i nye klær, gikk han tilbake til gutten som var i full gang med å tilberede måltidet.

"Dette er en plomme fra en geitebukk." E-Z tok en bit. Den smakte fantastisk.

"Dette er et rødt buskeple, og dette er solbær." E-Z spiste alt og elsket det.

"Det var desserten vår, nå må jeg gjøre klar hovedretten." Gutten gravde og gravde og fant en gryte som var for varm til at han kunne håndtere den. Da han fjernet lokket med en pinne, fikk lukten av det han hadde tilberedt, E-Z til å få vann i munnen.

"Dette er blåskjell", sa gutten og la noen på et blad.

"De er veldig gode. Jeg har aldri smakt blåskjell før."

Solen var på vei ned fra himmelen. "Det er på tide å sove", sa gutten.

"Takk igjen for at du fikk meg til å føle meg så velkommen." E-Z gjespet. Inntil da hadde han ikke skjønt hvor lenge han hadde vært våken.

"Du kan sove der oppe", sa han og pekte opp i et tre der det var en trehytte og en taustige som førte ned. "Du kan fly opp og sette på bremsen, så du ikke beveger deg i søvne. Rommet mitt er der borte", sa han og pekte på et annet tre med et tau som førte ned og en trehytte i toppen.

"Sov nå", sa Lachie. "Vi finner ut av alt i morgen tidlig.

KAPITTEL 2
JAPAN

ALFRED KUNNE HA BLITT satt av med E-Z på vei til Australia. I stedet bestemte han seg for å fly på tradisjonelt menneskelig vis - i et fly.

Det krevde en del forhandlinger fra Sams side for å overbevise flyselskapet om å gi trompetersvanen et sete. For ikke å snakke om et sete på første klasse. Sam brukte kontaktene sine på jobben til å hjelpe Alfred med å reise med stil.

I flykabinen, iført hodetelefoner og sin heldige sløyfe, følte Alfred seg hjemme. Han var avslappet, og kabinpersonalet var oppmerksomt. Likevel gledet han seg til å ankomme Japan. Og til å møte gutten som het Haruto.

Alfred hadde ryggsekken sin i nærheten, og i den lå det litt snacks. Han ventet til han var skikkelig sulten før han gikk løs på posene med villris og selleri. I tillegg til maten hadde han et reservebatteri til telefonen og Sams kredittkort med en tillatelse til å bruke det.

Mens han så ut av vinduet mens skyene fløy forbi, tenkte han på Haruto. Ifølge Rosalies notater var han mye yngre enn de andre barna. Og hun ante ikke hva slags krefter han hadde - hvis han da hadde noen.

Alfreds plan var å forklare alt for Harutos foreldre først, og forhåpentligvis få dem med på laget. Deretter skulle han fortelle dem mer detaljert om hvordan Haruto kunne hjelpe, så snart han hadde bekreftet hva han kunne, det vil si hvilke krefter han hadde.

Det vanskelige ville være å overbevise dem om å la den unge sønnen reise utenlands. Betalingen var ikke noe problem - Sam sa at han skulle bruke kredittkortet sitt til det. Men å få dem til å gå med på å la en svane ta barnet deres med til Nord-Amerika, det ville kreve litt overtalelse.

Han lente seg bakover i setet, som lente seg bakover.

"Vil du ha noe?", spurte den vakre flyvertinnen.

Det var bra at mennesker kunne forstå ham nå. Det gjorde livet hans så mye enklere, siden han ikke trengte noen tolk.

"En kopp te ville passe utmerket", sa Alfred. "I en bolle," la han til. "Det er vanskelig å få dette nebbet ned i en tekopp."

Betjeningen smilte. Et øyeblikk senere kom hun tilbake med en bolle, en tepose, sukker, melk og en ny bolle med kjøligere vann. "I tilfelle teen blir for varm," sa hun.

"Veldig omtenksomt", sa Alfred.

Han lot teen kjøle seg ned og fortsatte å se ut av vinduet. Det var så deilig å kunne lene seg tilbake og nyte utsikten. Uten å måtte bekymre seg for kraftige vindkast, snø, regn eller rovdyr. Til slutt drakk han te med litt melk og sukker og sovnet.

Da han våknet, fikk han beskjed om at kabinpersonalet forberedte passasjerene på landing. Han hadde sovet gjennom hele flyturen!

Gjennom vinduet hadde han full utsikt over Haneda flyplass. Rundt den så han massevis av friskt gress som han kunne spise. Han smakte litt og sparte risen og sellerien til senere.

Lenger borte skimtet han omrisset av Japans høyeste fjell - Fuji-fjellet. Sam hadde hatt rett, å sitte på venstre side av flyet var det beste stedet å se det som var kjent som Japans hjerte.

"Visste du at det finnes et observasjonsdekk i femte etasje? Der har du kanskje bedre utsikt over Fuji-fjellet", sa flyvertinnen til Alfred.

"Jeg skulle ønske jeg hadde bedre tid, men takk. Kanskje på veien tilbake."

Personalet lot ham gå ut av flyet først. De sto i kø for å ta farvel, som om han var en rockestjerne.

Siden Alfred bare hadde håndbagasjen sin, og svaner ikke kan få pass, gikk han ut av flyplassen for å finne en taxi.

Før reisen hadde han søkt på nettet for å finne ut hvordan man leier en taxi i Japan. Der sto det at han skulle se etter et rødt klistremerke nederst i høyre hjørne av frontruten. Det røde klistremerket bekreftet at drosjen var tilgjengelig for leie.

Da han fant en med klistremerket, ble han så glad. Han fløy opp til det åpne vinduet og ga sjåføren en lapp med nebbet. På lappen sto det hvor han skulle. Sjåføren var snill og hadde ikke noe imot å transportere en svanepassasjer. Han trykket på en knapp på rattet som åpnet bakdøren slik at Alfred kunne sette seg inn. Sjåføren lukket døren, og så kjørte de av gårde.

Haruto og familien bodde i Japans nest største by, Yokohama. Selv om han forsøkte å nyte synet av byen, blant annet skyline, tenkte han bare på hvordan han skulle overbevise Haruto og familien om å delta i kampen mot The Furies.

Telefonen i ryggsekken vibrerte. Han tok opp telefonen, det var en melding fra E-Z.

"Med Lachie nå. Hvordan har du det i Japan?"

Han skrev med nebbet, noe han hadde lært seg selv da han reiste alene til Japan. Han var også rask og gjorde ikke mange skrivefeil.

"Nesten i Yokohama nå i en taxi. Håper å være fremme hos Haruto snart."

E-Z sendte ham en tommel opp-emoji.

Alfreds sønn hadde elsket å bygge Gundam-roboter. I Yokohama ble det bygget en gigantisk robot. Når den var ferdig, ville den bli 59 fot høy, oppdaget han da han leste om den på nettet. Sønnen ville gjerne ha besøkt

Japan for å se den. Etter at de døde, prøvde Alfred å ikke tenke på dem, for det gjorde ham trist. Men i dag, her i Japan, bestemte han seg for å se alt han kunne, som om familien var der ved hans side. Livet var for kort til å være trist hele tiden, selv som svane.

Sjåføren stoppet utenfor et hagehus med en trapp med blomster på begge sider av rekkverket. Sjåføren åpnet døren, og Alfred steg ut. Han gikk opp noen trappetrinn, stoppet og spiste av gresset som det var rikelig av på begge sider av trappen. Luften var kjølig og velduftende, og den private hagen på forsiden av huset var vakker. Da han nesten var kommet opp, la han merke til at området foran huset var svært innbydende, med et vannspeil med ugler til venstre for inngangspartiet. Men i selve huset var alle persiennene trukket ned, som om ingen var hjemme. Han håpet virkelig at noen var der for å ta imot ham. Han hadde lyst på en matbit og litt hvile.

Han banket på døren med nebbet. En stemme lød fra en boks nær midten av døren som han ikke kunne nå uten å fly - og det gjorde han.

"Jeg heter Alfred", sa han.

Døren gikk opp, og en eldre kvinne vinket ham inn. Han fulgte etter henne og lurte på om noen i teamet hadde kontaktet familien for å presentere seg før han kom.

Han fortsatte å følge etter henne, og lyden av svømmehudføttene som slo mot tregulvet, var den eneste lyden han hørte. Huset var fullt av treverk

- og luften var fylt av velduftende orkideer. Den eldre kvinnen førte ham inn i stuen, som var fylt med møbler, for det meste i skinn. Persiennene på baksiden av huset var åpne, og han beundret utsikten over den frodige hagen. Hun pekte på en stol, og han satte seg i den.

Han hadde akkurat rukket å sette seg til rette da kvinnen kom tilbake til rommet med et brett fylt med rykende varm te og noen kaker. Det var nesten som om hun hadde ventet ham - enten det eller så tar det mye kortere tid å koke te i Japan.

Bak henne sto en liten gutt som holdt seg fast i beinet hennes og gjemte seg bak det. Gutten var i riktig alder til å være Haruto, men han hadde lest at man ikke skulle kalle japanere ved fornavn uten å ha fått tillatelse til det. Innimellom kastet gutten et blikk på Alfred, før han gjemte seg igjen. Han så ut til å være høyst fire eller fem år gammel og hadde på seg en Optimus Prime-t-skjorte, kortbukser og tøfler på føttene.

"Liker du Optimus Prime?" spurte Alfred.

Gutten smilte og gikk tilbake til gjemmestedet sitt.

Kvinnen jaget ham bort, slik at hun kunne servere te.

Alfred hadde satt opp en oversetter på telefonen sin. Han leste ordene "hei" på skjermen og sa "Kon'nichiwa". Han ba om unnskyldning for sin dårlige uttale.

"He's British", sa gutten, og da han gjorde det, stusset den eldre kvinnen. Alfred ble overrasket over hvor godt denne gutten snakket engelsk. "Ah, du snakker engelsk. Og ja, det er jeg. Du er smart som har lagt merke til aksenten min."

Denne gangen så gutten på kvinnen før han snakket. Hun nikket.

"Far og mor er på jobb", sa han. "Dette er min Sobo" (som oversatt betyr bestemor) "og jeg heter Haruto."

"Hello", sa kvinnen, også på engelsk. "Du bør komme tilbake senere."

"Jeg heter Alfred. Kan jeg kalle deg Haruto?" Gutten nikket, og så til kvinnen: "Hva skal jeg kalle deg?"

"Sobo," sa hun, "alle kaller meg Sobo, siden jeg er Harutos bestemor, er jeg alles bestemor. Han er glad for å dele meg."

Alfred nikket: "Jeg er veldig glad for å treffe dere begge."

"Var det Rosalie som sendte deg?" spurte gutten.

"Husker du Rosalie?" spurte Alfred. Han var kjempeglad for at de hadde denne forbindelsen - selv om det kunne ha spart ham for noen bekymringer å vite på forhånd at Haruto kunne snakke engelsk. Likevel bestemte han seg for å følge kvinnens råd og reiste seg for å gå.

"Faren min jobber i nærheten", sa Haruto.

"Jeg trenger et sted å bo. Kan du anbefale et sted i nærheten?"

Harutos bestemor ga Alfred en adresse og en veibeskrivelse for hvordan han kunne komme seg dit til fots.

"Jeg ringer vennen vår som driver hotellet. Han kan hjelpe deg med å finne deg til rette, så kan du bli med sønnen min på kafeen senere."

"Takk", sa Alfred.

Turen til hotellet var kort, og han nøt den friske luften. Han smakte til og med på litt japansk gress, som smakte ganske godt, og tok også noen slurker fra fontenen.

Rommet var lite, men hadde alt han trengte, og det var usedvanlig rent og velutstyrt. På nattbordet sto det en lampe med en ugleformet sokkel. Han klikket den av og på og la merke til hvordan øynene lyste opp. Han dusjet, skiftet til en annen sløyfe og gikk deretter til kafeen der han skulle møte Harutos far.

Telefonen surret; det var en melding fra E-Z igjen.

"Hvordan er det i Japan?"

"Hyggelig", svarte han og brukte nebbet til å skrive med. "Jeg møtte Haruto og bestemoren hans. De snakker engelsk. Han er veldig sjenert, men han kjente Rosalie. Han var påfallende ung - kanskje fire eller fem år. Det kan bli vanskelig å overbevise familien hans om å la ham komme til Nord-Amerika."

"Rosalie visste at han hadde krefter - men ja, det er yngre enn jeg trodde han ville være", sier E-Z. "Det er bra at de snakker engelsk. Hvor er du nå?"

"Jeg skal på kafé for å møte Harutos far. Jeg tror forresten ikke Rosalie hadde tid til å oppdatere eller fullføre notatene sine om Haruto. Hun omtalte ham som en baby."

"Jeg er ikke sikker på hvor bekymret vi bør være på dette stadiet, men jeg leste på nettet - der sto det at The Furies kan anta hvilken som helst form. Jeg deler bare informasjonen. Siden vi ikke kan gjenkjenne dem, må vi være forsiktige hvis de finner ut om oss."

Alfred sendte en tommel opp-emoji.

"Jeg må gå nå", sa E-Z.

KAPITTEL 3
DÅRLIGE DRØMMER

E-Z SOV OG VAR våken. Det vil si, han kunne se taket over sengen og kjenne madrassen som støttet ryggen hans. Likevel skrek tre banshees i hodet hans:
"Fortell oss hvor du er!"
"Fortell oss!"
"Fortell oss NÅ!"
"NEI!" skrek han.

Så var det et speil over hodet hans i taket. Men personen i speilet, som ble reflektert tilbake på ham, var ikke ham selv. I stedet var det onkel Sam. Og i speilbildet skrek onkel Sam og vred seg i smerte.

"Onkel Sam er i hulen vår!", skrek den første heksen.

"Og han kommer aldri ut igjen!" skrek de to andre i kor.

Så brøt de tre ut i en latter han aldri hadde hørt maken til. Lyden var hyeneaktig, guttural og dyrisk.

"Snakk!" forlangte de onde heksene, og de pirket og pirket i onkel Sam som om han var et kjøttstykke som skulle stekes.

"E-Z", sa onkel Sam med skjelvende stemme, som om kroppen hans var et speilbilde. "Uansett hva de vil ha, ikke gi dem det. Uansett hva de gjør mot meg, må du ikke gi etter."

"Hvis du gjør ham noe," sa E-Z, "skal jeg..."

"Fortell oss hvor du er, hvor alle er, så lar vi ham gå," sang de sammen med en stemme som ikke ville ha virket malplassert i Hades.

"Alt vi trenger, er en ledetråd eller to," sa den andre.

"Fortell oss hvem som er hvem," sa den første.

"Ellers gjør vi slutt på dere vet hvem", sa den tredje.

Så lo de. Stemmene deres i hodet hans gjorde så vondt. Men han drømte bare. Han måtte vekke seg selv - NÅ.

"Ahhhhhhhhhhhhhhhhhhhhhhhhh!" ropte onkel Sam.

Mer latter.

E-Z våknet og innså raskt at han var i Australia sammen med Lachie, ikke hjemme i sin egen seng. Han sjekket telefonen, men hadde bare én linje. Han fortsatte å sjekke til han hadde nok dekning til å ringe onkel Sam. For å forsikre seg om at han hadde det bra. At det bare hadde vært et mareritt.

Nedenfor trehytta kunne han høre Lachie bevege seg. Sannsynligvis i ferd med å lage frokost. Det var godt å se livet til unggutten. Hvordan han hadde kommet seg på fote igjen etter alt han hadde vært gjennom. Mennesker var ganske bemerkelsesverdige.

Uansett hva Lachie lagde, luktet det godt, og hans første innskytelse var å fly rett ned dit og fortelle ham om marerittet sitt. Men noe i bakhodet ba ham om å holde det for seg selv - inntil videre. Furiene kunne jo umulig vite hvor han bodde. Hvor de alle bodde. Han sjekket stolpene på telefonen igjen - denne gangen var det ikke en eneste stolpe. Han stappet den i lommen og fløy ned.

"Har du sovet godt?" spurte Lachie og øste væske fra en gryte over bålet over i en bolle.

E-Z tok imot den. "Jeg hadde en merkelig drøm, men ellers, ja. Det er fint der oppe. Takk for at du er så imøtekommende."

"Ingen årsak. Det er mange ånder her ute. Og ukjente lyder for deg. Hvis du har lyst til å snakke om drømmen, er du velkommen", sa Lachie.

"Kanskje senere."

"Ok, sett i gang. Jeg håper du liker sopp."

"Jeg elsker dem", sa E-Z mens han tok en stor skje av den varme, dampende suppen. "Den er veldig god."

"Å, vent litt, jeg glemte spjeldet - det er brød." Han åpnet aluminiumsfolien som lå i midten av bålpannen, rev den i fire deler og ga E-Z den første delen.

"Dette er det beste brødet jeg noensinne har smakt! Hvordan har du lært å lage mat på denne måten?"

"Noen lokale lærte meg det. Jeg er glad for at du liker det."

De satt stille mens solen smilte ned på dem fra høyt oppe på himmelen. E-Z prøvde å ikke tenke på marerittet. Han tok opp telefonen fra lommen og sjekket stolpene igjen. Bare så vidt én. Han elsket teknologi - når den fungerte.

"Nå som du er mett, kan vi snakke om hvorfor du er her", sa Lachie. "Mest av alt om hvordan jeg kan være til hjelp."

E-Z sa ingenting, i stedet kastet han et håpefullt blikk på telefonen igjen. Lachie så ikke ut til å bry seg om det, for han rev av enda en bit av spjeldet. Til slutt tok han seg sammen igjen og konsentrerte seg om saken.

"Beklager, tankene mine var en million kilometer unna."

"Det er ikke noe problem. Vil du ha mer demper?"

"Nei, det går bra. Først og fremst vil jeg gjerne vite hva Rosalie fortalte deg om oss tre. Jeg mener Alfred, Lia og jeg."

"Ja, hun fortalte meg alt om dere tre. Det var som om hun var her sammen med meg og fortalte meg en godnatthistorie. Jo mer hun fortalte, jo mer fikk jeg lyst til å møte deg og hjelpe deg."

"Jeg er glad for å høre at du vil hjelpe. Men la meg fortelle deg litt om detaljene før du forplikter deg. Det kommer ikke til å bli en enkel vei å gå for noen av oss."

"Jeg er ikke redd for en utfordring", sa Lachie. "Hva har Rosalie fortalt deg om meg?"

"For å være ærlig fortalte hun ikke så mye, men jeg leste om deg på nettet. Fant du noen gang ut hva som skjedde med foreldrene dine?"

"Nei, og det vil jeg heller ikke. Jeg har det bra her, jeg klarer meg selv. Jeg trenger ingen."

"Alle trenger venner", sa E-Z.

"Kanskje."

"Har Rosalie fortalt deg om The Furies?"

"Nei, men hun sa at du ville be meg om hjelp en dag, når du trengte min hjelp til å bekjempe ondskap. Og hun nevnte The Furies - som jeg allerede hadde hørt om."

"Jaså? Hva hørte du?" spurte E-Z.

"Urbefolkningen, som jeg lærer noe nytt av hver gang jeg er sammen med dem, vet alt om The Furies. De har gått løs på de opprinnelige, prøver å straffe dem og fordrive dem fra landene sine."

"Lachie reiste seg, helte litt vann på bålet og forsikret seg om at det var helt slukket.

"Jeg for min del tror at ondskap må eksistere for at det gode skal overleve - men det må finnes en slags kodeks - og de følger ingen kodeks. Alt de gjør, gjør de for å beskytte seg selv, og det er ingen måte å leve på."

"Det er kloke ord for en gutt på din alder," sa E-Z. Etter at han hadde sagt det, følte han seg litt flau, som om han prøvde for hardt å være klok siden han var den eldste av de to. "Jeg tror du er syv eller åtte år, ikke sant?"

"Jeg tror det, men jeg er ikke sikker på hvor gammel jeg egentlig er. Da de fant meg, fant de ingen dokumentasjon som kunne bevise det. Når stemmen min begynner å forandre seg, vet jeg det nok bedre." Han lo.

"I mellomtiden kan du jo velge din egen alder", foreslo E-Z.

"På samme måte som jeg valgte mitt eget navn", sa Lachie. "Uansett, uansett hva du trenger meg til, er jeg med."

"Det som skjer med The Furies, er at de bruker internett. Du kjenner vel til internett?"

"Ja, det gjør jeg. De har wi-fi på biblioteket. Jeg elsker å lese. Mytologi er ganske kult. Sci-fi også."

"Furiene bruker flerspillerspill på nettet for å fange barna. De fleste barn spiller spill, inkludert meg", sier E-Z.

"Spill er tidstyver", sa Lachie. "Det var det urfolkslærerne lærte meg. Livet er for kort til å kaste bort tiden med meningsløse distraksjoner."

"Men alle elsker jo spill", sa E-Z. "Jeg kunne gi deg tall for hele verden, men det viktigste er at The Furies utnytter dette fenomenet. Det er som om alle barn som spiller, har gitt dem tilgang til hjertene og tankene sine."

"Hvordan da?"

"For å stige i nivå i spillet må du fullføre en liste med oppgaver. Det er den eneste måten å komme seg videre i spillet på. Hvis du ikke gjorde det du ble bedt om, ville det ikke være noen vits i å spille spillet. Likevel er det du blir bedt om å gjøre, mange ganger i strid med loven i virkeligheten."

"I strid med loven! Som hva da?" spurte Lachie.

"Som å drepe."

Lachie ristet på hodet.

"Det er et spill, så du gjør det du må for å komme til neste nivå."

"Ok, jeg tror jeg skjønner. Furienes mandat var å straffe dem som begikk forbrytelser som ikke ble straffet. Nå vrir de på det mandatet for å skade barn som leker en fantasilek."

"Det stemmer, Lachie. Det stemmer, Lachie. Og når barna dør, stjeler de sjelene deres."

"Hvorfor det?"

"Har du hørt om sjelefangere?"

"Nei", sa Lachie.

"Når du dør, har sjelen din et sted for evig hvile. Det kalles en sjelefanger. Men det er ikke meningen at disse barna skal dø når furiene tar dem, så det er ingen sjelefanger som venter på dem."

"Hvordan vet du alt dette?" spurte Lachie.

"Erkeenglene ikke bare fortalte meg det, men viste meg det. Jeg var i sjelefangeren min noen ganger. De kalte meg dit. Jeg visste ikke engang hva det het før alt dette kom opp. Det er ikke noe vi mennesker skal bry oss om. De fleste tror vi kommer til himmelen eller helvete."

"Hvis sjelefangeren din var klar, og du bare er et barn, hvorfor er ikke deres klar?"

"Godt spørsmål. Det har jeg ikke tenkt på før. Jeg antok vel at jeg var et spesielt tilfelle", sa E-Z. "Men jeg vet at erkeenglene rotet til noe. Noe de ikke vil snakke om. Kanskje det er derfor de trenger vår hjelp til å fikse dette."

"Men hvordan gjør de det? Det er det jeg ikke skjønner."

"De har tøyet reglene i håp om å ta kontroll over alle sjelefangere. Når vi dør, skal sjelene våre havne i en som venter på oss når vi dør. Det er ikke meningen at de skal kunne overføres. Hvis de kontrollerer alle sammen, vil alle sjelene ikke ha noe sted å dra. Det vil føre til kaos i livet etter døden. Så, nå som du har hørt alt - er du fortsatt med?"

"Ja, absolutt. Dessuten finnes det ikke noe bedre å gjøre her ute. Jeg burde være et interessant eventyr."

"For å være hundre prosent ærlig", sa E-Z, "blir det ikke lett. Og du kommer til å risikere livet sammen med oss andre. Men vi kommer til å støtte hverandre.

"Vi kommer til å vinne!"

"Det håper jeg virkelig, men først må vi finne ut hvordan vi skal komme oss dit. Onkel Sam har noen flybilletter til oss. Det vi må gjøre, er å hente dem på nærmeste internasjonale flyplass. Han har reservert dem."

"Det er ikke nødvendig!" sa Lachie. "Jeg har min egen transport." Han stakk to fingre i munnen og plystret.

I noen minutter skjedde det ingenting.

spurte E-Z.

Lachie sto helt stille mens trærne beveget seg hviskende.

Så hørte E-Z vingeslag. Etter lyden å dømme hadde det som kom gigantiske vinger.

Så brøt skapningen gjennom løvverket. Det ville ikke vært malplassert i noen av Harry Potter-filmene.

"Er det en drage?" spurte E-Z.

"Det er en Aussiedraco", sa Lachie. "Den er også kjent som en pterosaur, så den er lokal." Til dragen sa han: "God dag, kompis", og gikk av gårde for å hilse på ham. Den enorme skjellete skapningen senket hodet. Lachie klappet ham og hoppet opp på ryggen hans.

"Kom igjen, E-Z, hva venter du på?"

"Jeg har min egen transport."

Lachie kastet hodet bakover og lo.

"HAR-HAR-R-R-R-R-R-R!"

vesenet stemte i.

"Han heter Baby", sa Lachie. "Hopp på, for Baby vil ta deg med på tur, og det Baby vil ha, får Baby."

"Men stolen min!"

Baby strakte ut sin lange hals og plukket opp E-Z. Uten stol kastet han ham om på ryggen. E-Z grep tak i Lachie mens Baby hoppet opp i luften.

"Se opp for trærne!" ropte E-Z.

Lachie og Baby lo.

De fløy av gårde over kilometervis av rød sand.

Snart følte E-Z seg ikke lenger redd.

De fløy over flere fjellformasjoner, en av dem så ut som Homer Simpson som lå ned. Deretter så de Uluru, den enorme røde monolitten.

De tilbrakte hele dagen med å fly over Australia og se på severdighetene.

"Vi får komme oss tilbake", sa Lachie. "Vi trenger en god natts søvn før vi drar til Nord-Amerika og møter resten av teamet."

"Høres ut som en god plan", sa E-Z, som nå nøt turen mer og mer og ønsket at den aldri skulle ta slutt. Han ville ikke falle, han hadde vinger hvis han trengte dem - men én ting visste han med sikkerhet: Å fly på Baby var livet.

Han lurte bare på hvor han skulle ha henne når de kom hjem igjen. Dragen var for stor til å få plass i garasjen. Det problemet skulle han løse når han kom over den broen. Hvis han og Lille Dorrit ble venner, kunne de kanskje sove sammen?

"Ikke tenk på meg," sa Baby.

E-Z tok seg til hodet.

"Ja, jeg kan lese tanker. Ikke hele tiden og ikke hos alle", sa Baby. "Jeg finner selv ut av hvordan jeg skal sove. Og når det gjelder Lille Dorrit, så pleier ikke enhjørninger og drager å komme overens, men jeg er villig til å gjøre et forsøk."

Baby satte dem av og fløy ut i natten.

E-Z husket det med onkel Sam, men han var for trøtt til å gjøre noe med det. Han skulle ringe ham i morgen tidlig. Selvfølgelig ville alt ordne seg.

KAPITTEL 4

OZ AVREISE

MORGENEN ETTER, MENS E-Z og Lachie forberedte seg på reisen, pratet de og ble bedre kjent med hverandre.

"Jeg må lade opp telefonen og ringe onkel Sam. Jeg vil gjerne gjøre begge deler før vi forlater Australia."

"Det er ikke noe problem, for jeg vil også gjerne hente noen forsyninger. Vi kan gjøre alt samtidig. Jeg handler, du kan lade telefonen og ringe onkelen din. Er det noe jeg bør vite om?"

"Jeg hadde bare en merkelig drøm. Jeg får lyst til å sjekke hvordan han har det, så jeg ikke bekymrer meg unødig."

"Greit nok", sa Lachie mens han stuet bort noen matlagingsartikler slik at de var i sikkerhet til han kom tilbake. "Jeg kommer til å savne dette stedet."

"Jeg vet det, og vennene dine også, men du vil få nye venner, og alle vil få deg til å føle deg som hjemme. Dessuten er du tilbake før du vet ordet av det."

"Det er det som bekymrer meg. Hva om jeg ikke har lyst til å komme tilbake? Hva om jeg blir vant til å ha folk rundt meg? Til å bli bortskjemt med bekvemmeligheter?" Han tok en pause da to skjærer landet, en på hver av skuldrene hans. Fuglene hakket ham lett i ørene, som om de hvisket til ham. Lachie smilte, og så fløy de videre.

"Hva sa de?" spurte E-Z.

"Egentlig ikke noe. De sa bare at de elsker meg, og at de kommer til å savne meg." En ravn fløy ned og landet på skulderen hans. "Dette er kameraten min, Erroll."

"Hyggelig å treffe deg, Erroll", sa E-Z. "Hvordan ble dere to venner?"

Lachie lo. "Morsomt at du spør om det. Errol har eksistert i svært lang tid. Faktisk var bestefaren hans mange ganger kjæledyr for noen som kan være en fjern slektning av dere. Hvis du altså er i slekt med Charles Dickens."

E-Z lente seg frem og nikket. Nå hadde Lachie definitivt hans fulle oppmerksomhet.

"Charles Dickens hadde en ravn som kjæledyr, og den het Grip. Ifølge historier som er blitt fortalt opp gjennom årene, var det Grip som inspirerte Edgar Allan Poe til å skrive sitt mest berømte dikt, The Raven."

"Jøss, det er så kult!" utbrøt E-Z.

"Fugler er superintelligente. Det samme er de eldre i urbefolkningen som tok meg under sine vinger da jeg først kom til Outback. De lærte meg å lese, skrive og lage mat. De lærte meg også å gjenkjenne og unngå giftig flora og fauna.

"Jeg lærer noe hver dag av skapningene jeg møter og snakker med. De sier at før i tiden kunne alle snakke med dyr - ikke bare jeg - men at noe har forandret seg. De tror det skjedde i hjernen vår, men det som skjedde med alle andre, skjedde ikke med meg."

"Hvordan visste de at du var annerledes?"

"De sier at de hørte om meg da jeg ble født og da jeg ble gutten i esken. Allerede før jeg ble født, gikk ryktene om meg verden rundt. De hadde ventet på meg, det var det de fortalte meg, i lang tid."

"Hvor lenge?" spurte E-Z.

"Jeg vil ikke virke stor i kjeften, men det sies at Mozart visste om meg - han hadde en stær som kjæledyr og levde på 1600-tallet. Det er av nyere dato. Før ham kan det spores tilbake til Vergil i år 70 f.Kr. Visste du at han hadde en flue som kjæledyr?"

"Er det sant? En flue - et kjæledyr?"

"Jeg har snakket med en buskflue som var i slekt med Vergil - han het Leonard, forkortet Leo, og han bekreftet alt." Lachie plukket opp en gryte og gjemte den i buskene sammen med noen andre ting. "Jeg har også snakket med slektningen til Andrew Jacksons papegøye. Jacksons fugl het Pol - den var en gave til kona - og var en hannfugl, men siden slektningen var en hunnfugl, het hun Polly. Hun hadde en merkelig sans for humor!"

"Det høres sånn ut. Jeg håper vi kan snakke mer sammen, men jeg må spørre deg om de spesielle kreftene dine - og vi bør snart komme oss av gårde, hvis du har gjemt alt trygt."

Lachie nikket: "Javisst. Jeg er nesten klar. Jeg må bare sikre noen få ting til. I mellomtiden kan du jo fortelle litt om deg selv først."

"Du har jo allerede sett meg og stolen min i aksjon - ja, vi kan fly. Stolen min har spesielle krefter, i tillegg til å fly kan den også fange forbrytere, og den har sans for blod. Vi er et par, stolen min og jeg, som Batman og Batmobilen hans."

"Kult!" sa Lachie. "Men det er litt merkelig det med blodet."

"Man skal ikke kaste bort det man ikke vil ha, jeg vet ikke hvem som sa det, men stolen min ser ut til å være enig. I stedet for å la det dryppe ned i bakken, suger den det opp.

"Vår første redningsaksjon var en liten jente - vi reddet henne fra å bli påkjørt. Så reddet vi et fly fullt av passasjerer. Jeg vil ikke skryte, og jeg er sikker på at du skjønner poenget. Gjennom å hjelpe andre har jeg oppdaget at jeg er supersterk nå, og det er stolen min også. Og så er vi skuddsikre."

"Mener du at folk har skutt på dere?"

"Ja, vi har hatt noen situasjoner med skytevåpen. Nå er det din tur."

Min mest fantastiske evne er, som du allerede har sett, at jeg kan snakke med alle skapninger. I går trodde du faktisk at du snakket med Baby, og det gjorde du på en måte, men hvis jeg ikke hadde vært her, ville hun ha snakket volapyk. Hun kommuniserer med deg gjennom meg. Jeg er som et nettverk, et sikkerhetsnettverk. Jeg kan stenge det ned eller åpne det opp, avhengig av hva jeg bestemmer.

"Da jeg satt i buret, pleide dyrene å sitte utenfor og skravle i vei. Noen ganger trodde jeg at de kommuniserte med meg, men så tenkte jeg at jeg kanskje var i ferd med å bli gal. En gang fløy en kakerlakk inn gjennom gitteret i buret mitt og sa at den kunne hjelpe meg ut hvis jeg ville.

"Æsj, jeg hater kakerlakker. Men jeg har aldri hørt om flyvende kakerlakker."

"De er faktisk ganske smarte og har et enormt overlevelsesinstinkt - de spiser hva som helst."

"Synd at de ikke spiste de som plasserte deg i den kassen." E-Z tenkte seg om et øyeblikk. "Hvorfor lot du ham ikke prøve å redde deg? Du hadde jo ikke noe å tape."

"Hva er det gamle ordtaket om at det er bedre å kjenne djevelen?"

"Jeg skjønner det, så du var ikke redd for dem som holdt deg fanget?"

"Det var egentlig ikke en boks - det var et bur. Men det høres bedre ut hvis de kaller det en boks. Dessuten gjorde de meg aldri noe vondt. De ga meg mat og vann. De byttet ut avisen. Og jeg så aldri hvem de var, siden de hadde på seg masker."

"Jeg skjønner ikke hvorfor de holdt deg der i utgangspunktet."

"Det får jeg nok aldri vite. Og jeg ble ikke værende for å få noen svar da de slapp meg ut."

"Hvordan gikk det?"

"De ordnet et rom til meg i samme hus. De sendte med en hyggelig dame for å passe på meg. Jeg gikk aldri utenfor huset. Det var for skummelt for meg."

"Kunne du snakke? Jeg mener, hvis du var i et bur for alltid, har du noen minner fra før? Om foreldrene dine?"

"Jeg liker ikke å snakke om det. Fortiden er fortiden. Jeg kan ikke forandre den. Jeg ser alltid fremover. Men jeg ble ikke født i et bur. Noen ganger tror jeg at jeg husker at jeg gikk på skolen. Men det kan ha vært en drøm. Noen dager er det vanskelig å se forskjell på de to."

E-Z minnet seg selv på å ringe onkel Sam.

"Så hvordan endte du opp her, der du bor sammen med dyr og er hundre prosent selvhjulpen? Jeg antar at du ikke savner mennesker?"

"Man kan ikke savne det man ikke husker. Når det gjelder dyrene, var det ikke jeg som valgte dem, men de som valgte meg. De kom til huset, som om de visste at jeg ikke var i buret lenger, og de ventet på at jeg skulle komme ut. De visste allerede at jeg kunne snakke med dem, forstå dem - men jeg visste ikke at jeg kunne, før jeg prøvde. Da åpnet det seg en hel verden for meg, og jeg måtte være en del av den. Jeg var ikke alene lenger. Det var da de tilbød seg å ta meg med og beskytte meg. Nå er du oppdatert på Lachies historie."

"Det er en fantastisk historie. Så du snakker med dyr. Er det noe annet du har oppdaget?"

"Vel, ja. Men det er ganske nytt."

"Fortell meg om det."

"Det er bedre om jeg viser deg det."

"Ok", sa E-Z.

Han så på Lachie som reiste seg og gikk mot et eukalyptustre i nærheten. Han sto stille ved siden av treet et øyeblikk, så gikk han frem slik at han sto foran treets tykke, værbitte stamme. Så var han borte.

"Hva i all verden?"

Lachie beveget seg til den andre siden av treet, og så tilbake mot stammen igjen.

"Å, så du er usynlig?"

"Nei, se nærmere etter." Han gikk bort fra treet. "Fortsett å se på øynene mine."

E-Z gjorde det, og han kunne se Lachies øyne i trestammen, men han kunne ikke se Lachie. "Vent litt", sa E-Z. "Jeg skjønner. Det er kamuflasje - du er en kameleon. Jøss!"

Lachie lo og satte seg ned igjen.

"Hvordan oppdaget du det? Det er en veldig kul evne. Du kan smelte inn praktisk talt hvor som helst uten at noen merker det!"

"Etter å ha levd sammen med skapninger en stund uten å se noen mennesker, kom det en dag en gjeng turgåere forbi her. Jeg løp for å klatre opp i et tre og gjemme meg, men jeg hadde ikke nok tid - så jeg stoppet opp mot en trestamme og holdt meg i ro. De gikk rett forbi meg, som om jeg ikke eksisterte. Jeg skjønte det ikke. En fugl landet på skulderen min, og en slange krøp opp på beinet mitt. De kunne se meg, men det kunne ikke menneskene. Da skjønte jeg at jeg var en kameleon."

"Hvordan føles det? Når du går i kamuflasjemodus, mener jeg?"

"Det føles ikke som noe annerledes. Det bare skjer."

"Kult. Vil du vite mer om resten av teamet og hvilke ferdigheter de har?"

Lachie nikket.

"Du kommer til å like Lia. Hun er seende. Øynene hennes er i hendene hennes, og hun kan se nåtiden, inn i noen menneskers sinn, og noen ganger kan hun skimte fremtiden, hva som kommer til å skje. Den delen av kreftene hennes ser ut til å øke. Og så er det selvfølgelig noe med alderen også. Da vi møttes første gang, var hun sju år, og nå er hun tolv."

"Det er virkelig kult", sa Lachie. "Og jeg har hørt at moren hennes og onkel Sam er..."

"Kan vi sette i gang? Bare jeg hører Sams navn, blir jeg engstelig igjen."

"Ingen fare", sa Lachie. Han plystret og Baby ankom, og de fløy av gårde til nærmeste by, der Lachie hentet et par ting, E-Z plugget telefonen i laderen, og da den var ladet nok, ringte han straks Sams nummer.

Det var ingen som svarte, i stedet gikk samtalen rett til Sams telefonsvarer. Han prøvde Samanthas telefon, og hun svarte med en gang. "Hei, det er E-Z, er onkel Sam tilgjengelig?"

"Klart det, E-Z, bare et øyeblikk." Litt hvisking. "Hei, gutt", sa Sam. "Hvor er du nå, flyr du over havet ennå?"

"Jeg bare sjekker at alt er i orden med deg", sa E-Z. "Hvis ja, kan du si kodeordet."

"Svampebob Firkant," sa onkel Sam.

"Å, takk og lov", sa E-Z. "Jeg hadde en merkelig drøm om at The Furies hadde deg."

"Vi har noen venner på besøk og skal akkurat til å sette oss ned og dyppe noe i fonduene. Vi har sjokolade med frukt, ost og grønnsaker og ost med brød og kjøtt. Det er litt av et utvalg, og vi har flere typer vin. Tvillingene har allerede lagt seg for kvelden."

"Uh, det høres..."

"Jeg må stikke, E-Z. Vi ses snart. Ta vare på deg selv."

"Onkelen min har det bra, og de skal ha fondue - det høres ut som litt av en fest."

"Hva er en fondue?" spurte Lachie.

"Det er en gryte der man smelter ting og dypper andre ting i det. Som å dyppe jordbær i sjokolade og brødbiter i ost. Og du har rett, de er gift nå, og de fikk tvillinger nylig, så huset er ganske fullt og bråkete."

"Å, det høres kjempegodt ut", sier Lachie.

Med E-Zs telefon fulladet og Lachies forsyninger trygt plassert på ryggen til Baby, fløy paret ut av Australia. De småpratet underveis. Etter flere timer uten å ha sett noe av interesse og med knurrende mager forberedte de seg på å lande for å ta mat- og toalettpauser.

"Vi må lande snart for å spise lunsj uansett - dessuten er jeg skrubbsulten allerede! Og gratulerer forresten!"

"Takk! Vi kan mellomlande på Hawaii og spise cheeseburgere og pommes frites", foreslår E-Z.

"Jeg visste ikke at hawaiianerne spesialiserer seg på burgere og pommes frites."

"De er en del av USA, så cheeseburgere og pommes frites - for ikke å snakke om tykke shakes - er utmerket tradisjonsmat som du kan prøve, og jeg garanterer at du kommer til å elske det."

"Jeg spiser ikke kjøtt. Kyr er også mennesker."

"De har noe vegetarisk, men det er fortsatt en cheeseburger, og du vil elske den. Du har vel ikke noe imot å drikke kumelk, har du vel?"

"Nei, det har jeg ikke."

"Ok, stol og Baby - la oss dra til nærmeste cheeseburgerrestaurant som også serverer vegetarburgere", foreslo E-Z, mens den knurrende magen ga seg til kjenne.

"Framover!" ropte Lachlan mens Baby lette etter et passende sted å lande.

KAPITTEL 5

BRANDY

LIA OG ENHJØRNINGENS REISEFØLGE, Lille Dorrit, fløy gjennom skyene.

Lia satte pris på den flyvende følgesvennens grasiøse, men raske bevegelser. Sammen fant de på en lek som de kalte "Hopp over skyene". Avhengig av hvilken type sky det var, hoppet de enten over, under eller gjennom den. Det morsomste var å hoppe gjennom den.

"Jeg elsker det når vi er inne i skyen", sier Lia. "Jeg strekker meg ut for å ta på den, men det er ingenting der."

"Det ser ut til at vi skal til kjøpesenteret nedenfor", sa Lille Dorrit før hun gjorde et trippelhopp og hoppet over, under og gjennom den samme skyen.

"Weeeeeeeee!" utbrøt Lia.

"Takk, takk", sa enhjørningen mens hun pekte nedover.

"Shopping, hva?" sa Lia mens hun sjekket det ut. Det var et stort kjøpesenter, nesten et kvartal langt. "Jeg håper jeg ikke trenger så mye penger, men mamma ga meg kredittkortet sitt i tilfelle jeg trengte det."

"Brandy står i midtgangen i matbutikken og fyller en handlevogn for å få tiden til å gå. Vi må skynde oss, ellers kommer moren hennes snart og leter etter henne", sa enhjørningen.

"Det er virkelig kult at du kan finne ut hvor hun er på den måten. Jeg gleder meg til å møte henne og finne ut mer om kreftene hennes", sa Lia og la armene rundt halsen på Lille Dorrit for å forberede seg på landingen. "Jeg har alltid ønsket meg en storesøster, så dette er kanskje min eneste sjanse."

"Plystre når du trenger meg," sa Lille Dorrit da Lia steg av, "så møter jeg deg her."

Lia gikk inn i kjøpesenteret gjennom svingdørene. Med en gang så hun en jente som hun håpet var Brandy, skyve en handlevogn i dagligvarebutikken. Basert på Rosalies beskrivelse måtte det være henne.

Jenta var uformelt kledd i en grå hettegenser. Den hadde delvis glidelås, men var åpen nok til at man kunne se en rød I Love Music-t-skjorte under. De svarte jeansene hennes hadde merker med musikknoter på lommene. Løpeskoene i kanvas hadde samme farge som t-skjorten.

Lia betraktet jenta et øyeblikk før hun gikk mot henne. Hun følte seg litt skremt. Som om hun møtte en kjendis. I hennes øyne utstrålte Brandy stil og kulhet.

Etter hvert som Lia kom nærmere, så hun for seg at de snart skulle bli bestevenner. De skulle besøke kjøpesenteret sammen. Kjøpe klær sammen. Kanskje Brandy til og med ville hjelpe henne med å velge noen nye, helamerikanske klær.

"Hva er det du stirrer på, jente?" spurte Brandy i en tone som ikke var særlig vennlig eller søsterlig. Så slo hun bort Lias hender i et sveip.

"Det var veldig uhøflig", utbrøt Lia. "Er det ingen som har lært deg å oppføre deg ordentlig?" Hun snudde ryggen til den kule jenta. Hun holdt pusten, telte til ti og snudde seg så mot henne igjen. "Rosalie ville skamme seg over deg."

"Kjenner du Rosalie?"

"Ja, jeg heter Lia, og jeg kan ikke se deg uten øynene mine, som er i hendene mine." Lia løftet armene igjen.

"Jøss!" utbrøt Brandy. "Jeg trodde jeg var merkelig, men du tar kaka, Lia, mener jeg." Hun stakk hendene ned i lommene. "Men enhver venn av Rosalie er en venn av meg."

"Takk", sa Lia. "Er det noe sted vi kan snakke sammen?"

"Jeg vet ikke hva du og jeg har til felles - bortsett fra Rosalie," sa tenåringen mens hun dyttet vognen videre og etterlot Lia.

Lia kjempet mot et hulk, men klarte å få ut ordene: "Vi trenger din hjelp fordi Rosalie er død."

Brandy stoppet opp og trakk pusten dypt mens en tåre rant nedover kinnet hennes, og hun snudde seg og børstet den bort. "Bli med meg, jenta mi." Hun forlot vognen og alle varene i den, og de gikk bort til en kiosk like innenfor kjøpesenteret og satte seg ned.

"Jeg tar et glass vann", sa Lia. "Uten is, takk."

"Kom igjen, gutt, lev farlig. Hun tar en Root Beer Float - eller to." Etter at servitrisen hadde gått, sa Lia: "Du kommer til å elske det, ikke vær redd. Fortell meg mer om hvorfor du er her, og fortell meg hva som skjedde med den søte damen Rosalie."

"Først, hva fortalte Rosalie deg om meg, om oss?"

"Ingenting. Jeg visste hvem hun var, og jeg visste at hun våket over meg. Først trodde jeg at hun var en engel, for hun kunne snakke til meg inne i hodet mitt, akkurat som når jeg pleide å be som liten. Så skjønte jeg at hun var en ekte person, akkurat som meg, og nå er hun død. Jeg vil gjerne hjelpe til med å finne de som drepte henne - hvis det er derfor du er her, så er jeg med. Pussig nok tror jeg at hun er en engel nå, og at hun fortsatt våker over meg."

"Jeg også", sa Lia. "Akkurat."

"Så hvordan skjedde det?" spurte Brandy. "Hvis det ikke er ufølsomt å spørre om det. Jeg synes alltid det er best å snakke om det rare som gjør oss til dem vi er. Jeg har mine egne rariteter, tro meg. Det har alle.

"Moren min ville kjeftet på meg for å stille deg et så personlig spørsmål. Men jeg liker å gå rett på sak. Har du alltid hatt øyne på hendene? Jeg skulle tro du ble jaget av journalister og fotografer, folk vil snakke med deg, høre og fortelle historien din for å selge blader og aviser."

"Å," sa Lia, "folk flest er mer interessert i fiktive kjendisfigurer som Harry Potter enn i virkelige mennesker. Hvis Harry Potter var virkelig, ville folk unngått ham eller ertet ham. Men i hans verden var han helten, så arret hans ble en del av historien hans. Det gjorde ham mer menneskelig for oss, slik at vi kunne identifisere oss med ham. Men ingen barn ønsker å skille seg ut, for i denne verdenen blir ikke forskjeller alltid verdsatt.

"Det er morsomt at vi kan relatere oss til og ha empati med fiktive karakterer, men ikke gjenkjenne de virkelige heltene i hverdagen."

"Å, bror", sa Brandy, "du er litt kjedelig, ikke sant? Det er som å snakke med en tjueåring."

"Beklager", sa Lia. "Jeg gikk fra sju til ti til tolv år på kort tid. Jeg fikk ikke tid til å tilpasse meg."

"Det gjør ikke noe", sa Brandy. "I prinsippet er jeg enig med deg, men siden Reality Tv kom på lufta, er vi interessert i vanlige menneskers liv. Det vil si vanlige, men rike mennesker som Kardashians. Jeg ser ikke på det, men millioner av mennesker gjør det."

Drinkene deres kom. Brandy spiste kirsebæret på toppen av sin først, og spurte deretter Lia om hun ville ha sin. Da Lia sa nei, løftet Brandy det av og stappet det rett ned i munnen hennes. "Ta en slurk. Hvis du prøver den, vil du garantert like den."

Lia tok en stor slurk gjennom sugerøret, og ansiktet lyste opp. "Den er virkelig god!" Så rørte hun rundt i isen med sugerøret mens hun tenkte på hva hun skulle si videre.

"Jeg ble født med øyne som fungerte bra. Men en ulykke gjorde meg blind, og da jeg våknet, hadde jeg disse øynene og det de kaller synet. Jeg kan se hva folk tenker, det var slik Rosalie og jeg begynte å snakke sammen. Tiden for meg er ikke som for alle andre, men jeg har ikke hoppet over noen år på en stund nå. Og etter hvert som tiden går, kan jeg noen ganger se hva som kommer til å skje med meg og andre, du vet, i fremtiden."

"Visste du at Rosalie skulle dø før det skjedde?"

"Nei, det gjorde jeg ikke. Det kommer og går. Noen ganger fungerer det ikke i det hele tatt. Den er ikke hundre prosent pålitelig. Jeg kan forresten ikke lese tankene dine, i tilfelle du lurer på det."

"Bra. Å vite at du kan lese tankene mine ville vært veldig skummelt", sa Brandy og tok en stor slurk som traff bunnen av beholderen og ga fra seg en "det var alt folkens"-lyd. "Jeg vil gjerne ha en til, men jeg lar være," sa hun. "Det er best å være måteholden, for hvis vi unner oss ting vi tror vi virkelig vil ha hele tiden, vil vi ikke sette like stor pris på dem."

"Veldig klokt", sa Lia. "Du kan få resten av mine hvis du vil."

"Det ville være synd å la det gå til spille."

De to jentene var stille en stund, helt til Brandys telefon vibrerte. "Mamma kommer snart og blir med oss."

"Hvordan visste hun hvor vi var?"

"Ok, hun har sine metoder, blant annet en sporingsenhet på telefonen min."

"Og det har du ikke noe imot?"

Nei. Jeg har forsvunnet noen ganger, men har alltid kommet tilbake til kjøpesenteret. For det meste aner hun ikke når jeg drar. Helt til jeg ringer og ber henne komme og hente meg her. Det er som regel det første hun aner, når jeg sender en melding eller ringer. Men med appen slipper hun å bekymre seg for meg. Det er nok ikke lett å ha en datter som kan dø og komme tilbake til livet igjen."

Brandys mor ankom, og de presenterte seg for hverandre. De fortalte henne Rosalies og Lias historier og oppdaterte henne på hva de hadde diskutert så langt.

"Hva hadde dere to jenter tenkt å gjøre?" spurte hun. "Det ser ut som om dere har noe i gjære."

"Det er bare litt for mye sukker", sa Brandy og gliste. "Lia skulle akkurat til å fortelle meg hva de trenger meg til."

"Så du forklarte om den tilbakevendende situasjonen din?"

"Kort. Jeg hadde ikke kommet til det ennå, mamma, hun fortalte meg nettopp om ulykken og hvorfor hun har øynene på hendene."

Servitrisen kom bort, og Brandys mor bestilte kaffe. Hun kom straks tilbake med et krus som hun fylte opp. "Påfyll er gratis", sa servitrisen. "Bare hold opp kruset når det er tomt, så kommer jeg straks og fyller det opp igjen."

"Takk skal du ha", sa Brandys mor.

"Jeg vil gjerne høre om det", sa Lia og strøk håret bak øret. Hun elsket måten Brandy og moren engasjerte seg i hverandre på. De sto hverandre veldig nær, det kunne man se på måten de stadig tok på hverandre. Nærheten deres fikk henne til å huske alle de gangene moren jobbet om kvelden og i helgene, og hun måtte stole på at barnepiken Hannah ordnet alt. Det var annerledes nå som de var her og moren var gift med Sam, men det virket som om de nye babyene tok mye av morens tid.

Brandy utbrøt: "Første gang jeg døde, var jeg liten. Det var på dette kjøpesenteret. Det ene øyeblikket var jeg død, det neste var jeg i live igjen. Som jeg sa før, ender jeg alltid opp her. Så mye elsker jeg dette kjøpesenteret."

"Det er morsomt", sa Lia.

"Jeg elsker å shoppe!"

"Ja, det gjør du!" sa Brandys mor da datteren kalte tilbake servitrisen og ba om et glass isvann.

"Det blir to glass vann," sa Lia.

Siden hun allerede var der, fylte servitrisen på kaffekoppen til Brandys mor.

Lia følte at det var nå eller aldri - hun måtte komme til poenget. Det begynte å bli sent, og Lille Dorrit ventet.

"E-Z, som er lederen vår, sitter i rullestol og kan redde folk, til og med fly fulle av passasjerer. Han er supersterk og rask, og både han og rullestolen hans har vinger.

"Alfred er en trompetersvane, og han har ESP, i tillegg til at han kan vekke mennesker og skapninger til live igjen. Inkludert deg er det to barn til i gruppen, pluss E-Zs fetter Charles - så da er vi sju i alt."

"Ah, heldige sju", sa Brandys mor.

Lia fortsatte: "Etter at du har hørt alt, vil du være i livsfare hvis du går med på å hjelpe oss med å bekjempe The Furies. De er tre onde søstre - gudinner - som drepte Rosalie."

"Onde, hva? Det var feigt å drepe Rosalie! Hun hadde aldri gjort en flue fortred!" sa Brandy.

"Er denne informasjonen offentlig?" spurte Brandys mor. "Det høres så oppdiktet ut."

"Hvorfor gjorde de det?" spurte Brandy. "Hva får de for å drepe en søt, gammel dame som Rosalie?"

"De bruker barn. Dreper barn", sa Lia.

Både Brandy og moren sluttet å drikke.

"Det er vanskelig å forklare, men jeg skal gjøre mitt beste. Når vi dør, blir sjelene våre sendt til våre ventende sjelefangere - vårt evige hvilested. Hver og en av oss har sin egen unike sjelefanger - så vi kan aldri dø. Sjelene våre lever videre. Det er ikke den himmelen vi forestilte oss, men den er virkelig, og furiene dreper uskyldige barn - og plasserer dem i sjelefangere som tilhører andre mennesker.

"Da Rosalie døde, hadde hun faktisk ikke noe sted å ta veien for sjelen sin. Heldigvis klarte vennene våre, Hadz og Reiki - de er wannabe-engler - å fange Rosalies sjel. De passer på den til vi eliminerer The Furies og får orden på alle sjelefangerne. Når vi har eliminert dem, vil erkeenglene ta over og ordne opp i rotet de har forårsaket. Alt vil bli som før igjen."

"Jeg trodde erkeengler var skurker," sa Brandy. "Hvordan vet vi at vi kan stole på dem? Og hvorfor vil vi hjelpe dem?"

"Det er mye å be dere om, barn", sa Brandys mor.

"Det er en veldig lang historie. Den kan vi fortelle dere med tiden. Men nå må vi tilbake til hovedkvarteret. Det er huset vårt. Når vi alle er under samme tak, kan vi forklare alt og legge en plan."

"Jeg er med", sa Brandy. "Du hadde meg allerede da du sa at de drepte Rosalie, men nå vet jeg at de har drept uskyldige barn også, så la meg ta dem." Hun hevet vannglasset og skålte med Lia.

"Vent," sa Brandys mor, "hvis erkeenglene ikke kan beseire denne tingen, hvordan kan de da forvente at dere barn skal..."

"Mamma," Brandy klappet henne på hånden. "Jeg er ikke som andre barn. Det høres ut som om vi er en gjeng mistilpassede med spesielle evner, og jeg passer rett inn. Det er ikke overraskende at erkeenglene ber oss om å hjelpe dem.

"Rosalie førte oss sammen, så vi kan danne et team. Hvis hun hadde vært her, ville hun vært med oss på laget. Nå er hun med oss i ånden. Sammen blir vi en styrke å regne med.

"Dessuten må vi sørge for at Rosalie får tilbake sitt evige hvilested. Alt skjer av en grunn, er det ikke alltid du som sier det?"

"Så hva skjer nå?" spurte moren.

"Vi må være sammen, og E-Zs hus er stort nok for oss alle. De andre og Charles Dickens - lang historie - skal møte oss der."

"Ikke DEN Charles Dickens?"

"Jo, den eneste ene, men han er bare ti år gammel. Han ankom og ble oppdaget av to detektorister i London, England. Det er en grunn til at han ble sendt tilbake til jorden. Bortsett fra at han og E-Z er fettere. Han er en av oss. Sammen skal vi slå de søstrene og sette verden på rett kjøl igjen."

"Kom igjen!" sa Brandy. "Mamma har ryggsekken min i bilen, og den inneholder alt jeg trenger. Jeg har alltid en sekk i tilfelle noe skulle skje. Den har kommet godt med noen ganger. Jeg antar at huset har vaskemaskin og tørketrommel? Og en hårføner?"

"Ja, ja og ja", sa Lia, og så plystret hun.

Brandy og moren holdt seg for ørene. "Hvorfor gjorde du det?"

"Bli med ut, så skal jeg presentere deg for vennen min, lille Dorrit - hun er en enhjørning - og så kan du ta vesken din samtidig." De gikk ut dørene, og hun pekte opp mot himmelen der enhjørningen var på vei inn for landing.

"Vent litt," sa Brandy, "skal vi ri tvers over landet på en enhjørning?"

Brandys mor rynket pannen. Hun følte seg svimmel, og beina ble som overkokt spaghetti.

"Kom bort og klapp henne", sa Lia. "Lille Dorrit, dette er Brandy og moren hennes."

"Pelsen hennes er deilig og myk", sa Brandys mor.

"Vil du ha skyss til bilen din?" spurte Little Dorrit.

"Nei takk," sa Brandys mor. Så sa hun til datteren: "Jeg vet ikke hvordan jeg skal forklare dette til faren din. Kanskje dere bør bli med meg hjem, så kan vi forklare det sammen og bestemme om dere kan dra…"

"Jeg må dra", sa Brandy. "Det er skjebnen min." Hun ga moren en klem.

"Ville det hjelpe om du snakket med moren min?" Lia spurte, og uten å vente på svar ringte hun henne på hurtignummer, forklarte situasjonen og ga telefonen til Brandys mor, som snakket med Samantha og deretter ga henne telefonen tilbake.

Før de visste ordet av det, fløy de tre rundt på parkeringsplassen på jakt etter bilen, mens folk under dem tutet, tok bilder med telefonene sine og dultet borti hverandre med biler og traller.

"Der er den", sa Brandys mor.

Lille Dorrit landet, og hun skled av. "Vent her, så henter jeg vesken til datteren min."

Hun kom tilbake og kastet den opp til Brandy. "Takk for skyssen", sa hun til Little Dorrit. Til Brandy sa hun: "Brandy, ring hjem. Hver dag. Som E.T." Hun sendte henne et kyss. Så sa hun til Lia: "Hyggelig å treffe deg."

"I like måte", sa Lia mens Little Dorrit løftet seg fra bakken. "Ikke vær redd, vi skal passe på datteren din."

Brandys mor så dem fly bort, helt til hun ikke kunne se dem lenger. Da hadde alle de nysgjerrige parkerne funnet noe annet å se på, så hun satte seg i bilen og kjørte hjemover.

Hun tok den lange veien hjem. Hun måtte tenke på hvordan hun skulle forklare det hele for Brandys far.

KAPITTEL 6

HARUTO

A LFRED VENTET FORAN KAFÉEN til eieren, som hadde ventet en ny kunde, kom inn. Harutos bestemor glemte å nevne at kunden var en trompetersvane. Da eieren fikk øye på Alfred, førte han ham til et bord langt bak.

Alfred hadde ikke noe imot å være litt avsides. Faktisk foretrakk han det, siden det sto på et skilt at det ikke var tillatt med kjæledyr - ikke at svaner ble regnet som kjæledyr i Japan eller noe annet sted i verden han kjente til.

Mens han satt stille og ventet på at Harutos far skulle komme, brukte han kaféens gratis WI-FI og oppdaget noen virkelig kule ting om Japans kafékulturer. Som i Yokohama fantes det kafeer for katteelskere og en som hyllet pinnsvin.

Et kvarter senere kom en mann inn på kafeen. Alfred skjønte med en gang at det var Harutos far, for han gikk raskt mot bordet hans.

"Naze watashitachiha daidokoro no chikaku ni iru nodesu ka?" spurte han kaféeieren (som oversatt betyr: "Hvorfor er vi i nærheten av kjøkkenet?").

"Kare wa hakuchōdakara!" sa eieren før han gikk bort fra bordet (som betyr: Fordi han er en svane!).

Da han kom tilbake noen minutter senere med et brett fylt med Bubble Tea, sa eieren: "Mōshiwakearimasen" (som oversatt betyr: Jeg beklager.)

"Ī nda yo", sa Harutos far med et smil (som oversatt betyr: Det går bra).

Alfreds te ble servert i en bolle som var stor nok til at han kunne stikke nebbet ned i den. Teen hans var iskald - bra, for han ville ikke brenne tungen eller vente lenge på at den skulle kjøle seg ned.

"Domo arigato gozaimasu", sa Alfred (som oversatt betyr: tusen takk).

"Iie", svarte Harutos far (som oversatt betyr: ikke et ord om det).

De satt stille og betraktet hverandre mens de nippet til teene sine en stund.

"Hvorfor er du her?" spurte Harutos far brått. "Kona mi er redd for at dere vil ta sønnen vår fra oss, og dere kan ikke få ham. Ja, vi fant ham, men vi er de eneste foreldrene han noensinne har kjent."

"Jøss!" utbrøt Alfred. "Ingenting kommer til å skje hvis du ikke ønsker det. Sønnen din snakker forresten utmerket engelsk", sa Alfred. "Det er din egen også."

"Det nytter ikke å smigre deg her. Som jeg sa tidligere, dere får ikke sønnen min."

"Hvis Haruto kunne hjelpe oss med å redde verden? Ville du fortsatt sagt nei?"

"Haruto er bare en gutt. Du er en svane. Hva er det gutter og svaner kan gjøre som menn ikke kan? Du kan ikke få ham." Han la armene i kors.

"Hva om vi ikke kan redde verden uten hans hjelp? Hva om han vil hjelpe oss?"

"Haruto vet ingenting om livet. Han kan ikke hjelpe dere. Finn en annen sønn, en som er eldre. En som er født til å redde verden. Ikke en gutt. Ikke gutten min, Haruto. Ikke i dag, i morgen eller noensinne."

"Hva om vi lar ham bestemme?" sa Alfred. "Etter at jeg har forklart alt."

"Fortell meg alt nå. Så skal jeg bestemme hva han skal få vite. Men først vil jeg spørre dere - hva får dere til å tro at en liten gutt som sønnen min kan hjelpe dere?"

"Vi tror at han, i likhet med oss andre, har unike evner. Han er ikke som andre barn, er han vel? Da Rosalie nevnte ham, var han fortsatt en baby. Har han eldet raskere enn andre barn?"

Harutos far ristet på hodet. "Da vi fant ham for fem år siden, var han en baby. Han har vokst, slik alle barn vokser."

"Å, unnskyld. Rosalie hadde ikke tid til å oppdatere eller fullføre notatene sine. Men vil du ikke at sønnen din skal være sammen med andre barn som er like begavet som ham? Han ville være en av oss, akseptert av oss. Og vi ville hedre hans evner og beskytte ham."

"Mener du at jeg ikke kan beskytte min egen sønn?"

"Nei, sir. Det sier jeg ikke i det hele tatt. Jeg sier bare at vi trenger ham, og kanskje, bare kanskje, trenger han oss. En gutt som står alene, kan aldri bli like sterk som en gutt som er medlem av et team."

"Kanskje han er ensom. Kanskje, men han er ung, og han vil vokse fra det." Harutos far var stille før han spurte: "Hva er gaven din, og hvem er fienden?"

"Jeg har helbredende evner, både for mennesker og dyr - mest for sistnevnte. Jeg kan lese tanker. Lia kan se inn i fremtiden. E-Z redder liv. Jeg kan helbrede syke og lese tanker. Vi har til og med en superheltnettside, som jeg kan vise deg hvis du vil se alt selv som bevis."

"Jeg har allerede sett nettsiden deres", sa Harutos far. "Dere er kjent som De tre. Er ikke tre av dere mektige nok til å bekjempe alle fiender dere måtte møte? Hvordan kan en liten gutt som Haruto hjelpe dere? Han kan knapt huske å pusse tennene."

"Det skjønner jeg. Jeg hadde også en sønn da jeg var menneske."

"Var du menneske en gang? Hva skjedde med sønnen din?"

"De døde, og jeg ble forvandlet til en svane. Det er en lang og komplisert historie. Hovedsaken er at vi inntil nylig ikke visste at det fantes andre barn. Det var Rosalie. Hun var en fantastisk dame, med evnen til å kommunisere med barn i tankene. Hun snakket med Lia, Haruto, Brandy og Lachie. Hun brakte alle sammen og betalte en høy pris for det. Furiene drepte henne da hun ikke ville gi dem informasjon om barna. Uten Rosalie hadde vi ikke visst at den andre eksisterte, og vi hadde ikke vært her for å beskytte sønnen din, eller for å be om hans hjelp til å bekjempe de onde søstrene.

"Jeg ble sendt for å snakke med Haruto og forklare hva vi står overfor. Selvsagt kan han nekte, du kan nekte for ham - men uten ham er det ikke sikkert at vi kan overvinne de onde gudinnene kjent som The Furies."

Eieren bød på mer te. Alfred takket nei, men Harutos far skalv litt på hendene da han løftet opp den nyfylte teen og nippet til den.

"Er Haruto det yngste barnet?"

Alfred nikket.

"Fortell meg om de to andre nye rekruttene."

"Brandy dør og blir gjenfødt. Lachie kan snakke og bli forstått av alle skapninger."

"Denne Brandy gjenfødes som seg selv hver gang?" spurte Harutos far.

"Det er det jeg har forstått."

"Hvor gammel er hun?"

"Det vet jeg ikke med sikkerhet, men jeg tror hun er tenåring. Hvorfor spiller det noen rolle?" spurte Alfred.

"Fordi det å bli gjenfødt gjentatte ganger mens hun fortsatt er menneske, betyr at Brandy sitter fast i læringsstadiet. Derfor vil hun gjøre det bra sammen med andre som har kommet lenger enn henne. Hun vil lære av dem, og kanskje vil det hjelpe henne til å nå neste stadium."

Alfred forsto, på sett og vis, men sa ingenting.

"Sønnen min ville ikke fremme Brandys liv, derfor tillater jeg ikke at han deltar i denne kampen. Jeg er lei for at jeg har kastet bort tiden din."

"Vel, jeg har kommet hele denne veien - så hva kan det skade meg å snakke med ham, med deg, din kone og mor til stede. Gi ham valget. La ham bestemme. Hvis det ikke er riktig for ham, hvis du synes han er for ung eller uforberedt - det forstår vi - men la oss i det minste snakke med ham om det. Se hvor mye han kan forstå. La ham være den som sier nei - da setter jeg meg på flyet igjen, og så ser du meg aldri igjen."

"Du er en svane, og du flyr med fly?", lo han høyt. De andre gjestene på kafeen stemte i, selv om de ikke ante hvorfor han lo. De lo fordi lyden av Harutos fars latter var smittsom.

"Fortell meg hva teamet ditt har tenkt å gjøre og hvorfor. Så skal jeg ta en avgjørelse. Hvis du klarer å overbevise meg, kan jeg kanskje la deg prøve å overbevise Haruto."

"Når vi dør, forlater sjelen vår kroppen og går til den evige hvile i det som kalles en sjelefanger. Jeg vet at dette er noe annet enn det vi tror, men det er sant. Furiene har drept barn - barn som spiller dataspill - og deretter lagt sjelene deres i sjelefangere som er ment for andre sjeler. Når andre dør, har sjelene deres ingen steder å ta veien."

Harutos far var stille et øyeblikk.

"Hvis han vil, min sønn, vil Haruto hjelpe deg. Han vil fortelle deg hva talentet hans er. Han vil fortelle deg hva han vil at du skal vite, og så vil han bestemme seg."

"Takk," sa Alfred.

De reiste seg, forlot kafeen og gikk hjem til Haruto. Da de kom frem, ble det straks servert middag, og alle ble orientert om oppdraget.

"Hva skjer med de andre sjelene? Hvis de ikke har noe sted å dra?" spurte Haruto, la fra seg spisepinnene og tok en slurk vann.

"Det vet vi ikke med sikkerhet", svarte Alfred. Han kastet et blikk på Harutos far, som nikket. "Men Rosalie. Husker du Rosalie?"

"Ja, jeg kjente henne, og jeg vet at hun døde", sa Haruto. Han satte seg rett opp: "Mener du at sjelen hennes ikke har noe hjem? Hvordan kan jeg hjelpe henne med å komme hjem?"

"Jeg er glad for at du vil hjelpe, Haruto", sa Alfred. "Rosalies sjel er i trygge hender hos to aspirerende engler som har hjulpet oss og E-Z tidligere. Så hun har det bra for øyeblikket.

"Før jeg forklarer mer, er jeg nysgjerrig på hvilke spesielle krefter du har?"

Haruto reiste seg, så på faren, som nikket og sa. "Jeg beveger meg veldig fort." Og han begynte å snurre rundt, raskere og raskere og raskere, helt til han forsvant.

"Jøss!" sa Alfred. "Du er som en forsvinnende utgave av den tasmanske djevelen!"

"Vi blir aldri lei av å se ham i aksjon", sa moren. Hun hadde vært påfallende stille frem til den kommentaren. "Kom tilbake nå, barn," sa hun. "Kom tilbake."

Han kom tilbake på samme måte som han hadde forsvunnet, men denne gangen kunne de ikke se ham snurre rundt før han dukket opp igjen. "Jeg er sulten igjen!" utbrøt Haruto. Han satte seg ned, fylte opp tallerkenen og spiste med glupende appetitt.

"Blir du alltid sulten av det?" spurte Alfred.

"Alltid", sa Sobo og tilbød barnebarnet mer mat. Han nikket, for opptatt med å spise til å svare.

Etter at Haruto hadde spist seg mett, forklarte Alfred hvordan E-Z's skulle fungere som teamets hovedkvarter, eller base. Han prøvde å finne de rette ordene for å fortelle dem om faren de alle kom til å utsette seg for.

"La meg si, før dere sier ja, at Furiene er onde, forferdelige skapninger som straffer barn selv om de ikke har gjort noe galt. De har tatt livet av barn på grunn av onde tanker, ikke på grunn av onde gjerninger, og de har kapret sjelefangere fra andre. Vi må stoppe dem og rette opp i dette igjen. Og de er ekstremt farlige og mektige gudinner."

Harutos far sa: "Jeg forbyr deg å dra!"

"Men far, du har lært meg at det jeg gjør i dette livet, tar jeg med meg inn i det neste. Derfor må jeg si ja."

Han så på Alfred og sa: "Jeg er med!"

"Haruto, som mor og far ønsker vi at du skal lykkes - men vi vil at du skal være i nærheten av oss, ikke på den andre siden av jorden sammen med fremmede."

Haruto reiste seg fra stolen og la armene rundt bestemorens hals. De to hvisket frem og tilbake på japansk så Alfred ikke kunne forstå det.

"Sobo sier at hun vil bli med meg, men hun er redd for at hennes tid er nær. Hvis hun dør og ikke er i Japan, hvordan skal sjelen hennes finne veien hjem?"

"Vi har noen erkeengler og erkeengelhjelpere som samarbeider med oss. De passer på Rosalies sjel, og hvis noe skulle skje med bestemoren din, er jeg sikker på at de ville beskytte sjelen hennes også. Inntil sjelefangerne deres var klare."

"Jeg er så stolt av deg", sa Sobo, "og det blir en glede å bli med deg på flyet. Jeg gleder meg til å møte resten av superheltbarna. Denne Sobo kommer til å få flere barnebarn." Hun ga Haruto en klem.

Harutos mor og far sluttet seg til. Det var en familieklem. Tårene rant nedover Alfreds ansikt. En svane som gråter, er det tristeste som finnes.

Da de gikk fra hverandre, ble oppvasken samlet inn og satt til vask. Alle ble servert te, bortsett fra Haruto.

"Jeg skal gjøre klar vesken min", sa han. "God natt."

"Jeg bestiller flybilletter og gir deg beskjed om detaljene", sa Alfred.

Han gikk tilbake til hotellet og bestilte flybilletten. Deretter sendte han alle detaljene til Charles Dickens. Han håpet at Charles kunne møte dem på Heathrow flyplass, slik at de kunne fly til E-Z sammen.

Etter en slitsom dag hoppet Alfred opp i sin Queen Size-seng. Han knuste putene og så på TV til han endelig sovnet.

KAPITTEL 7

EN ROUTE

MED ALLE BARNA på vei til E-Zs hus var det en følelse av energi og håp i luften. Denne energien så ut til å spre seg fra den ene siden av verden til den andre. Så mye at den nådde The Furies.

De tre onde gudinnene danset rundt bålet de hadde laget i en kjele av de dødes knokler. Opp steg en flammende ball med flere hoder. Foran øynene på dem delte den seg i tre ildkuler.

Gudinnene fylte ildkulene med stadig mer energi, helt til det virket som om de sinte kulene skulle eksplodere. Så sendte de dem av gårde for å finne og knuse håpet som levde i fiendenes hjerter.

Den første ildkulen ble sendt ut mot det fjerneste målet for å møte og tilintetgjøre E-Z, Lachie og Baby. Det brennende objektet gikk i oppløsning underveis, og ble brutt opp av farten til det var på størrelse med en bowlingkule. Den siktet seg inn på den intetanende trioen den var på vei mot.

Takket være Hadz' og Reikis oppgradering var det sensorene i E-Zs rullestol som varslet ham om den kommende faren. GPS-en registrerte et livløst objekt som beveget seg raskt og var på vei rett mot dem.

"Det er noe som kommer rett mot oss!" ropte E-Z.

"La oss lande og komme oss unna."

"Akkurat", sa Lachie mens trioen kastet seg ned.

Men den flammende kulen fulgte etter dem, som om den hadde sin egen sender. Uansett hvor lavt de gikk, fulgte den ubønnhørlig etter dem.

De stoppet, svevende, gruppert sammen - usikre på om de skulle lande nå, eller om de skulle prøve å overliste den på en annen måte. Hvis de landet og den fulgte etter, kunne den drepe eller skade andre. De ville ikke utsette andre for fare fordi den var ute etter dem.

"Hva skal vi gjøre?" spurte Lachie.

"Du og Baby søker dekning, så tar jeg og stolen min oss av det."

"Vi forlater dere ikke!" utbrøt Lachie, og Baby nikket.

"Ok, da stiller dere dere bak meg", sa E-Z. Han visste at han og rullestolen var skuddsikre, men var de beskyttet mot ildkuler? Det skulle han finne ut om 5, 4, 3, 2, 1.

Baby strakte hals, brølte og åpnet munnen så mye den kunne - og ildkulen gikk rett inn i den. Dragens øyne svulmet opp, og leppene dirret mens han holdt det brennende beistet inne i seg. Så fløy han av gårde, mens Lachie holdt seg fast i nakken hans for harde livet og fløy langt av gårde på jakt etter et sted der han kunne befri seg fra det som brant ham innvendig.

Endelig fant de et sted der de kunne slippe den trygt ned i havet. Baby åpnet munnen, og ut fløy den. Den brant fortsatt og skrenset over vannet, som om den var fast bestemt på å holde seg i live, men til slutt ga den etter og forsvant i havet.

"Ja!" ropte E-Z. "Sånn skal det gjøres, Baby!"

Baby og Lachie kom tilbake til E-Z: "Hva skjedde?"

"Baby var fantastisk! Han slapp ildkulen i havet. Nå er den bare en stein igjen."

"Takk, Baby", sa E-Z. "Det var litt for nære på."

"Enig. Og Baby fortjener noe godt. Noe kaldt for halsen."

"Hva enn Baby vil ha", sa E-Z. "La oss gå ned og ta en pause før vi fortsetter."

Lachie omfavnet Baby, og så gikk de ned for å riste av seg sitt første og forhåpentligvis siste møte med en gal ildkule.

"Tror du det var The Furies?", spurte Lachie. spurte Lachie.

"Jeg tror ikke de vet om oss. Jeg mener, de vet at vi eksisterer, men ikke i detalj."

"Den tingen siktet seg inn på oss. Prøvde å drepe oss. Hvem ellers skulle ønske oss døde?"

"Du har rett, den kom rett mot oss. Sannsynligvis bare en tilfeldighet. Håper jeg."

"Burde vi ikke advare de andre?"

E-Z så på telefonen sin. Han hadde ingen dekning.
"Teamet mitt klarer seg selv, og jeg vil ikke skremme dem. La oss håpe at det er et engangstilfelle."

***

FURIENE SENDTE EN NY brennende skive i retning Yokohama. Alfreds og Harutos fly sto allerede på rullebanen og forberedte seg på å ta av.

Ildkulen fløy mot dem, men valgte en uheldig rute - den passerte den 59 fot høye roboten som strakte ut armen, fanget den og knuste den. Asken brant ned på plattformen nedenfor.

På flyplassen tok Alfreds og Harutos fly av i god behold, og paret fikk aldri vite at de var målet for angrepet.

✳✳✳

D EN TREDJE OG SISTE flammende kulen fløy i retning
Phoenix i Arizona. Den fløy rundt og rundt og
lette etter målet sitt i timevis, men klarte ikke å finne
det.

Lille Dorrit var en eksepsjonell enhjørning, med et antioppdagelsesskjold som alltid var klart. Beskyttelsen av passasjerene var tross alt Little Dorrits viktigste oppgave.

Etter å ha fløyet rundt uten mål og mening, økte den flammende kulen i størrelse til den var på størrelse med en komet. Så vendte den hjem til sine rettmessige eiere - The Furies.

Det flammende objektet, som ikke visste forskjell på venn og fiende, jaget de skrikende furiene rundt i Death Valley i timevis. De løp for livet helt til Tisi tryllet frem en trolldom.

Først stoppet ballen i luften, og de tre gudinnene så fornøyd på den mens den falt ned i kjelen og ble dekket av soppstuing.

Alli fløy mot den og klemte til lokket.

Så kastet furiene hodene bakover og hikstet, mens de danset og sang og lo. Helt til det smalt inne i kjelen. Som popcornkjerner som varmes opp. Lyden ble høyere etter hvert som lokket på kjelen ble bulket fra innsiden og til slutt løftet så mye at de nyfødte ildkulene kunne slippe ut.

De små ildkulene, som ikke hadde noe sted å ta veien, siktet seg inn på The Furies og jaget dem rundt, og én etter én ble de utslettet.

Syngende, utmattet og irriterte ropte de tre gudinnene på Eriel for å få hjelp, men denne gangen svarte han ikke.

✳✳✳

MENS HAN FLØY VIDERE over himmelen på egen hånd, mens Lachie og Baby fløy saktere på grunn av bivirkningene Baby hadde fått etter å ha svelget ildkulen, vurderte E-Z teamet sitt. Et par ganger i køen mottok han meldinger som bekreftet at de også tenkte på ham.

Lia sendte en melding som bekreftet Brandys krefter, og Alfred hadde gjort det samme angående Harutos evner.

E-Z hadde ikke gjengjeldt ved å fortelle dem om Lachies krefter. I stedet ville han gå gjennom situasjonen for å se hvordan han og teamet på sju (inkludert Charles) ville klare seg mot de tre mektige, men onde gudinnene.

Han gjorde opp status i tankene og minnet seg selv på teamets fortrinn:

Jeg kan fly, og det kan stolen min også. Vi er skuddsikre, og jeg er supersterk. Jeg er en god leder, jeg er smart og har sterk empati.

Lia er oppildnende, empatisk, snill, smart, og hun kan lese tanker og se inn i fremtiden.

Alfred er sterk i hodet, intelligent, og som det eldste medlemmet er han klok med alderen. Han er empatisk, kan noen ganger lese tanker og helbrede syke.

Lachie kommuniserer med skapninger. Han er en einstøing, men det er ikke hans feil. Han er empatisk og intelligent. Han vet hvordan man overlever mot alle odds, og kamuflasjeevnen hans kommer godt med.

Haruto er yngst, men han er en overlever. Han er i stand til å gjøre seg usynlig.

Brandy har dødd - flere ganger - og kommet tilbake til livet igjen. Hun er definitivt en overlever.

Sist, men ikke minst, er Charles Dickens. Hans evner er ukjente. Men han er smart, empatisk og tilpasningsdyktig.

Da han fikk nok av barer, søkte han i historiske dokumenter på nettet for å finne ut hvilke evner The Furies hadde:

Overmenneskelig styrke.

Utholdenhet, inkludert høy smertetoleranse.

Vitalitet.

Edderkopplignende smidighet.

Motstandsdyktighet mot skader og superraske helbredende krefter.

Evne til å fly.

Formskifte - til en annen persons skikkelse.

Usynlighet.

De kunne påføre ofrene sine smerte.

Meg kunne skille ut parasitter. ÆSJ.

Vent litt, det står at Furiene historisk sett representerte rettferdighet. Det står at de tidligere bare skadet de onde og skyldige... at de gode og uskyldige ikke hadde noe å frykte. Så hva har endret seg? Hvorfor følte de et behov for å drepe uskyldige barn i en lek?

Han leste videre og lurte på hvordan de egentlig drepte barna. Ifølge legenden skadet aldri furiene noen av dem som gjorde noe galt. I stedet brukte de skyldfølelse - for å drive dem til vanvidd.

Han tenkte tilbake på gutten som hadde forsøkt å skyte ham. De hadde overbevist ham om at hvis han ikke gjorde som de sa, ville de skade familien hans. Han lurte på hvor gutten var nå. Var han i en av sjelefangerne?

Han fortsatte å lete for å finne ut om Furiene var i stand til å vise barmhjertighet, men fant ingen bevis for det.

Han la til noe de allerede visste - furiene var dødelige. Det var én ting han og de onde gudinnene hadde til felles, og han og teamet hans måtte finne en måte å bruke det til sin fordel.

Lachie og Baby tok igjen E-Z.

"Hvordan går det med Baby?" spurte han.

"Han har det bedre nå", svarte Lachie.

Baby kastet hodet bakover, brølte og satte fart fremover.

"Vent på meg!" ropte E-Z.

KAPITTEL 8

DEN FURIES

M ED DEN SKITNE FØLELSEN av håp som fortsatt stinket i luften, ventet The Furies. De hadde reparert de svidde klærne sine og trimmet det brente håret. Heldigvis var slangene uskadd. For å gjøre seg presentable for den forestående gjestens ankomst.

Han var velgjøreren deres. Han som hadde brakt dem tilbake til jorden. Han foreslo at de skulle slå seg ned i hjertet av Death Valley.

Før ildkulefeilen hadde de sett tegn. Tegn på at alt vendte seg mot dem nå. Forandring var bra, men bare hvis de hadde kontroll over det. Deres tid var kommet. De måtte være klare til å slå til. Ting var i ferd med å snu til deres fordel. Alt de trengte å gjøre, var å vente på det. Så måtte de være klare til å slå til.

"Eriel," hveste Meg.

Erkeengelen, deres elskede leder, hadde endelig ankommet.

"Hva er siste nytt?" spurte Tisi. "Vi synes det er ekkelt med alt dette håpet i luften."

"Ja, dette håpet tar knekken på oss", sang Tisi og Allie mens de danset rundt det brennende bålet. Han så på dem mens de danset nakne som banshees. De klirret med piskene sine, mens slangene de hadde til armer og hår, krøp og spyttet på måfå.

Eriel kom ned over dem som en svart sky, landet og foldet sammen vingene. Hans enorme vekst fikk furiene til å se ut som dukker. Han sto med hendene på hoftene og gikk så ned på ett kne for å komme opp på samme nivå som dem. Det var hans måte å senke seg til deres nivå på, samtidig som han holdt seg over dem. Han ville at de skulle vite at de jobbet for ham og ikke omvendt. Han var lei av å understreke dette overfor søstrene, men likevel fryktet han at det var den eneste måten å holde dem i sjakk på.

"Det finnes ikke noe håp - ikke nå som vi jobber sammen", sa Eriel. "Og ikke le. Vel, jeg antar at du kan le. Det var det jeg gjorde da jeg hørte at de sender en gruppe barn for å drepe dere."

Furiene var hysteriske. Stemmene deres ga ekko i Death Valley og skremte bort alle fuglene.

"De idiotene!" sa Meg.

"Vi skal spise de barna til frokost, lunsj og middag", sa Tisi og slikket seg om munnen.

"Vi spiser ikke barn", sa Alli. "Men du er morsom, søster. Vi vil bare ha sjelene deres. Og jeg kan ikke huske HVORFOR vi vil ha dem. Forklar det igjen, kjære søster."

Meg sa: "Vi gjør som Eriel sier. Han vil ha sjelefangerne, og vi skal skaffe dem til ham. Når vi har oppfylt kravene hans, blir vi Nyx' døtre - De vennlige - igjen, og vi kan herske over natten og gjøre hva vi vil."

"Så hvis jeg har lyst til å smake på et av barna, så kan jeg vel det?" spurte Tisi. "Jeg har alltid lurt på hvordan de smaker." Hun himlet med øynene og snuste i luften. Slangen på hodet hennes gjorde et utfall mot ham.

Eriel hånte. "Dette er ikke vanlige barn, som de du forfølger i spillet. Dette er begavede barn med krefter og evner. Jeg skal likevel holde deg informert, og du vil trenge min hjelp."

"Din hjelp? Til å beseire barn, bare babyer?!" lo trioen, og de flakset rundt og løftet seg fra bakken ved hjelp av de kraftige flaggermusvingene sine. "Vi slår dem før de i det hele tatt slår til." Slangene hveste og spyttet samtykkende.

"Som vi gjorde i det hvite rommet. Som vi gjorde med vennen deres, Rosalie. Hun ville ikke fortelle oss hvem som ble sendt etter oss. Vi ville vite det og var lei av å vente på at du skulle fortelle oss det. Så vi tok henne med ut", sa Meg.

"Ja, og du avslørte nesten spillet! Dessuten er det synd at dere ikke tok sjelen hennes og la den i en sjelefanger," sa Eriel. "Nå er det løse tråder. Løse tråder kan bli ledetråder for dem som leter etter dem."

De kikket opp på himmelen og så en stripe av farger som lignet en regnbue som strakte seg fra den ene siden til den andre. Men det var ikke en regnbue, det var energi. Energien til dem som erkeenglene hadde rekruttert til å gjøre det de selv ikke var i stand til å gjøre.

"Vi vet at de kommer - og de vil ikke ha en sjanse mot oss!" skrek Tisi.

Vel, de klarte å slå de infantile ildkulene dere sendte!" utbrøt Eriel. "Et så dårlig og amatørmessig forsøk som det var! Det fikk meg til å skamme meg over å jobbe med deg! Det er bra at ingen vet om forbindelsen vår."

Med knyttede never og sammenbitte tenner gikk The Furies ikke videre før Alli brøt isen.

"Søstre, hans mening om oss spiller ingen rolle. Vi gjorde vårt beste. Det var verdt et forsøk. Dessuten har vi allerede mange sjeler til rådighet." Hun rørte rundt i gryten, nippet til litt suppe i en øse og spyttet den ut. "For mye salt", sa hun. Hun tilsatte vann, deretter sopp og noen småpoteter. "Og vi samler inn flere barnesjeler for hver dag som går. Jeg er lei av å vente på at de små superheltene skal komme til oss. At de skal organisere seg. Når de er samlet, hvorfor dreper vi dem ikke bare?"

"Søster, du må være tålmodig."

"Jeg er lei av å være tålmodig. Jeg er lei av - jeg er rett og slett lei," sa Alli. Hun rørte rundt, og etter å ha blandet i noen ville urter og krydder, smakte hun på suppen, og den var god. "Maten er klar", sa hun.

"Du skal være tålmodig og ikke gjøre noe - med mindre jeg ber deg om å gjøre noe. Dette er mitt spill, og jeg har invitert dere til å spille. Uten meg er dere bare tre ubrukelige gudinner som sover bort resten av livet." Han sparket i sanden med støvelen. "Og det er virkelig synd at dere må spise menneskemat. Litt av en nedgradering - siden dere nå trenger næring for å overleve. Når jeg hersker over jorden og alle sjelefangerne bor her, trykker jeg på JORDPAUSE. Jeg kommer til å herske over jorden, og hvis du spiller spillet riktig. Hvis du gjør som jeg ber deg om, vil du være ved min side. og får del i gevinsten. Hvis du går imot meg, vil du vende tilbake til støv."

Etter at han hadde sagt ordet støv, åpnet han armene og vingene, løftet seg fra bakken og forsvant.

Furiene sang sammen mens de nippet til suppen. Slangene, som var de mest sultne, slikket den i seg, og selv om de rengjorde gryten, ville de likevel ha mer.

"Nå som han er borte", sa Meg, "la oss snakke om hva vi skal gjøre."

Tisi og Alli kaklet.

"Eriel tror at han vil føre oss tilbake til gudinnestatusen vår, men vi kommer ikke til å la erkeengelen ta over jorden. Hvem vet om han ikke etterlater oss i støvet når vi har gjort alt arbeidet? Erkeengler holder ikke alltid løftene sine. Vi trenger ikke å holde våre heller, gjør vi vel, søstre?"

"Hvem tror han at han er, Den utvalgte?" spurte Alli.

Meg lo. "Han er ikke utvalgt av noe og ingen - men vi trenger ham likevel."

"Ja," sa Tisi. "Selvhøytideligheten hans er hans svakhet." Hun senket stemmen til en hvisking: "Hver gang han snakker, svekker han seg selv. Hver gang han forråder de andre erkeenglene, gir han fra seg litt mer av makten sin."

Søstrene brøt igjen ut i sang:

"De rekrutterte barnas blod blir morgendagens suppe.

Etter at vi har spist, skal vi ha det gøy med en hulahopring."

Meg tok opp sangen,

"Babyer, barn, onde små og skyldige som drit.

Vi sier av med hodene deres hvis vi får all flaksen!"

sang Alli,

"Mørkets døtre mot barn som ikke har peiling.

Himmelen vil regne med blod før vi er ferdige!"

De kaklet og hveste, slo med piskene og danset mens månen steg høyere og høyere på himmelen. Utmattet falt de ned på bakken og sov i jorden. Slangene foretrakk denne stillingen - og sov også - fremfor å hvese og bevege seg hele natten.

"God natt, søstre", sa de på rundgang, akkurat som de så menneskene gjøre på The Waltons på TV via parabolantennen. Det var et av favorittprogrammene deres. "Og i morgen tar vi planen opp igjen."

KAPITTEL 9

PAFHS9

D ET VAR EN KONKURRANSE for Sam og Samantha som ventet på å se hvilken barnegruppe som ville komme tilbake først. Vinneren skulle få stå opp med tvillingene hver natt i en hel måned, så innsatsen var høy.

Sam valgte E-Z, Lia og deretter Alfred. Samantha valgte Alfred, E-Z og deretter Lia.

"Men E-Z er jo i Australia", kjeftet Samantha. "Du kommer til å tape. Jeg kommer til å tenke på deg - IKKE - når jeg sover hele natten i en måned."

"Du valgte Alfred, og han flyr med et fly! Du vet hvordan de alltid overbooker og sjelden holder seg til rutetidene. Mens E-Z kan komme og gå som han vil, og rullestolen hans er utrolig rask! Jeg er så sikker på at jeg kommer til å vinne, og jeg er så sikker på det at jeg øker veddemålet til seks måneder. Er du villig til å øke innsatsen?"

Samantha vurderte det nye tilbudet. Slike veddemål kunne skade et ekteskap, og de fikk allerede lite søvn når begge våknet hver natt for å ta seg av tvillingene. Hun ga ham en klem: "La oss holde det enkelt. Én måned."

"Kylling", sa Sam og la armene rundt kona. Han kysset henne på pannen mens Jill utbrøt et skrik som Jack snart sluttet seg til. "Jeg går", sa han.

"La oss gå sammen", sa Samantha og tok sin manns hånd, og så gikk de nedover gangen.

Lille Dorrit var på vei tilbake i full fart.

"Kan vi ikke gå ned og ta en drink?" spurte Brandy.

"Nei, bare nei", sa Little Dorrit.

"Kom igjen," sa Lia, "det tar bare et par minutter."

"Jeg vil ikke skremme dere", sa Little Dorrit, "men jeg har en dårlig følelse og vil ha oss ut av det åpne så fort som mulig."

"Ok", ble de to jentene enige om.

De var nesten hjemme, og Lia sendte en tekstmelding til Samantha om at de ville være hjemme om noen minutter.

"Ah, vi tok feil begge to!", sa hun.

"Men en av oss må fortsatt stå opp hver natt med tvillingene", sa Sam.

"Vi bytter på", sa Samantha, og da tvillingene hadde lagt seg til å sove igjen, gikk hun og Sam ut i hagen. Snart kunne hun se Lille Dorrit komme inn for landing.

Lia og Brandy hoppet av.

"Det var veldig kult", sa Brandy. "Takk, lille Dorrit." Hun klemte enhjørningen, som svarte: "Bare hyggelig."

"Ja, takk for at du passet på oss", sa Lia.

"Var det noen problemer med å passe på dere?" spurte Sam.

"Ikke noe jeg ikke klarte," sa Lille Dorrit. "Hvis dere ikke trenger meg på en stund, vil jeg gjerne hente litt vann og noe å spise."

"Vær så god", sa Sam, "og takk for at du passer på jentene våre."

Lille Dorrit blunket til Sam, så stakk hun av og var snart ute av syne.

Etter presentasjonen med Sam og Samantha ringte Brandy hjem for å fortelle moren at de hadde kommet trygt frem.

Noen timer senere ankom Alfred, Charles, Haruto og bestemoren hans. Som tidligere ble de introdusert for hverandre, og Brandy og Lia ble lagt til i miksen.

"Du kan ikke være DEN Charles Dickens", sa Brandy med hevede øyenbryn. "Og du er bare et barn som knapt har gått ut av bleiene", sa hun til Haruto, som svarte med å gjøre seg usynlig.

"Oops!" utbrøt Brandy. "Og du, du er en stor, fjærkledd svane! Hvordan skal du hjelpe oss med å bekjempe The Furies!"

"For det første", begynte Alfred, "er du mye frekkere enn du burde være. Selv en usofistikert svane som meg har manerer."

"Anata wa gakidesu!" sa Harutos bestemor, som oversatt betyr "Du er en drittunge!".

En fnising hørtes fra den usynlige Haruto.

Lia gikk inn og ba om unnskyldning: "Jeg skal informere henne. Det går bra med henne. Bare gi henne litt tid til å finne seg til rette", sa hun. "Jeg visste ikke hva Haruto kunne gjøre før nå, da jeg så det med egne øyne." Til den lille gutten sa hun: "Kom tilbake, Haruto, vær så snill. Hun mente ikke å såre deg."

"Unnskyld", sa Brandy med blikket senket mot gulvet.

Haruto kom tilbake og forsvant inn og ut. Han sto med armen rundt bestemorens midje. Alfred og Charles rykket nærmere dem.

"Vi kom nettopp av flyet, og vi er slitne - så vi skal gå og friske oss opp. Når vi kommer tilbake, regner jeg med at du setter bånd på henne eller teiper munnen hennes. Eller lærer henne litt folkeskikk", sa han og tuslet av gårde nedover gangen med de to andre på slep.

"Jøss!" sa Brandy. "Bare WOW! Jeg sa unnskyld."

"Nei, han hadde rett", sa Lia.

Samantha sa: "Du er i vårt hus nå, og vi vil ikke at du skal være uhøflig mot noen."

Sam la armene over brystet, akkurat da tvillingene begynte å gråte igjen.

"De må være sultne. Ikke vær redd, jeg klarer meg", sa Samantha, men før hun gikk, så hun på Brandy.

"Brandy, du er på et merkelig sted der du ikke kjenner noen andre enn Lia og Lille Dorrit ennå," sa Sam. "Hvis du vil være en del av dette teamet og beseire The Furies, må du samarbeide. Å fornærme lagkameratene dine er ikke en effektiv måte å begynne på. Jeg foreslår at du ber om unnskyldning igjen når de kommer tilbake, og ber om å få begynne på nytt."

Brandys øyne var fylt med tårer: "Jeg ble bare overrasket over å se de andre teammedlemmene jeg skal jobbe med. Men du har rett, jeg skal be om unnskyldning igjen og be om en ny sjanse. Jeg håper de tilgir meg. Mamma sier alltid at jeg er for frittalende for mitt eget beste."

Lia smilte. "Du kommer til å elske Alfred når du blir kjent med ham. Dette er også første gang jeg har møtt Charles personlig. Charles er i en merkelig situasjon. Da han var ti år gammel, var det i 1822. Tenk på det. Og det er også første gang jeg møter Haruto og bestemoren hans."

"Det er jo helt sprøtt! James Monroe var president da - og han var vår femte president!" Brandy hoiet. Hun ga Lia en forsiktig albue i ryggen: "Mamma og pappa ville blitt imponert over at jeg husket den informasjonen! Og gutten, jeg mener Haruto, virker altfor ung til å risikere livet."

Lia lo, og Sam stemte i. Da han hørte at kona ropte på ham for å få hjelp med tvillingene, skyndte han seg ut av rommet.

Charles svarte: "George IV satt på tronen da jeg var her sist. Nå slipper jeg i hvert fall å bekymre meg for å havne på fattighuset igjen neste år", sa han med et smil som raskt bleknet.

Lia ga fra seg et ufrivillig skrik, mens Brandy brast i gråt og sa: "Jeg er så lei for det, Charles."

"Så du har hørt om fattighusene, da", sa han. "Men jeg er her, og jeg overlevde det, og jeg har tydeligvis brukt erfaringene mine til å skrive om karakterer som Oliver Twist og Little Dorrit, for å nevne to. Ja, jeg har lest om meg selv på internett, og jeg må si at jeg til og med imponerte meg selv."

"Du har ikke møtt enhjørningen Lille Dorrit ennå", sa Lia. "Hun gikk ut for å få seg en forfriskning, men hun kommer snart tilbake."

"Hvem da?" spurte Charles.

I det samme dukket Lille Dorrit opp igjen, sirklet over hodene deres og gjorde en rask landing.

"Lille Dorrit, dette er Charles Dickens. Charles, dette er Lille Dorrit", sa Lia.

Charles var målløs da den vennlige enhjørningen koste seg med ham. "Jeg hadde aldri drømt om at jeg skulle møte en enhjørning."

"Hyggelig å treffe deg, Charles", sa Lille Dorrit.

Charles gispet: "Og så er den så flink til å snakke!" Han hadde en million spørsmål å stille henne, men de måtte vente, for oppe i himmelen var E-Z, Lachie og Baby på vei inn for landing. "Er jeg våken eller drømmer jeg?" spurte Charles. "Klyp meg i armen, så er jeg sikker."

Etter at Baby hadde landet og Lachie hadde steget av, ble alle presentert for hverandre mens E-Z skyndte seg inn for å gå på toalettet. Da han kom tilbake, fikk de selskap av Sam og Samantha med tvillingene på slep, Haruto og Alfred.

"Hele gjengen er her", sa Alfred.

"Kan jeg få snakke med deg og Haruto?", spurte Brandy. Da de nikket, sa hun: "Jeg er veldig, veldig lei meg. Vær så snill å tilgi meg for min uhøflighet og gi meg en ny sjanse." Hun så på føttene sine.

"La oss begynne på nytt", sa Alfred.

"Saikai suru," sa Haruto og oversatte: "Det han sa."

"Anata wa yurusa rete imasu," sa Harutos bestemor, som oversatt betyr: "Du er tilgitt."

Det var et merkelig syn å se Baby og Lille Dorrit stå side om side. Lille Dorrit var ikke liten, hun var en enhjørning som var over 2,5 meter høy, mens Baby ikke var noen baby, han var over 18 meter høy.

"Jeg tror dere to - med henvisning til Baby og Lille Dorrit - må finne et annet sted å sove, for hagen er ikke stor nok for dere to," sa E-Z.

Lille Dorrit sa: "Jeg vet om et sted, og vi kan få noe godt å spise og litt vann også."

"Det høres bra ut", sa Baby.

Harutos bestemor klappet babyen på hodet og spurte: "Josha wa dodesu ka?", som oversatt betyr "Hva med en tur?".

Babyen svarte: "Tashika ni, tobinotte!", som betyr "Klart det, hopp på!".

Haruto løp bort og sa: "Matte watashi o wasurenaide!", som betyr "Vent, ikke glem meg!".

Baby senket seg ned slik at Haruto og bestemoren kunne klatre opp på ryggen hans. Så fløy de av gårde, med Lille Dorrit tett i hælene.

Sam sa: "Jeg synes alle bør finne seg til rette, så kan dere snakke og planlegge så mye dere vil i morgen."

"God idé", sa E-Z mens Baby satte av Haruto og bestemoren hans. Sobos hår sto på høykant, som om hun hadde stukket fingeren i en stikkontakt.

Mens Harutos bestemor var målløs, førte Samantha henne til rommet sitt. "Haruto sover på rommet mitt", sa hun.

"Ja visst, jeg er straks tilbake." Hun gikk nedover gangen til E-Zs rom.

"Hvordan var det?" spurte E-Z Haruto.

"Subarashi!" utbrøt han, noe som oversatt betyr "fantastisk!"

"Vi fikk levert en barneseng og noen køyesenger i dag", sa Sam, "så Haruto, Charles og Lachie, dere er sammen med E-Z og Alfred på rommet deres. Alfred sover i enden av E-Zs seng."

"Takk", sa E-Z mens de gikk inn på rommet hans. "Forresten," sa han da de var alene, "var det noen av dere som hadde problemer på veien tilbake?"

Alfred sa at det hadde de ikke.

"Hva med deg, Lia?" spurte han i tankene.

"Nei."

"Så hva skjedde?" spurte Alfred.

"Vel, vi fikk en flammende ildkule i hælene."

Lia gispet.

"Men takket være Babys raske tenkning ble den ødelagt."

"Hvordan klarte han å ødelegge den?" spurte Alfred.

"Baby svelget den og slapp den i havet."

"Det er skummelt," sa Haruto.

"Jeg er fortsatt litt bekymret for Baby", sa E-Z, "for på veien tilbake la jeg merke til at han hostet og nøs et par ganger."

Lachie sa: "Det kom til og med gnister ut av munnen og neseborene hans. Han sier at han har det bra, men jeg holder øye med ham."

"Vi kan jo ikke akkurat ta ham med til veterinæren, kan vi vel?" sa Alfred.

Haruto lo og lo.

"Hva er det som er så morsomt?" spurte E-Z.

"Hyoryu Doragon," sa han. "Hyoryu Doragon!" - som kan oversettes til drageveterinær - og han brølte av latter igjen.

Alfred og E-Z trakk på skuldrene, og det samme gjorde Charles, som skiftet tema ved å spørre om de andre syntes de burde finne på et nytt navn til laget sitt, siden de nå er sju i stedet for tre.

"Kanskje", sa E-Z.

"Hva er de viktigste egenskapene våre?" spurte Charles.

"Lover", foreslo Haruto da han hadde roet seg og sluttet å le.

"Ambisjoner", sa Charles.

"Tro", sa E-Z.

"Håp", sa Alfred.

Samantha lyttet utenfor døren i noen minutter. Alle hørtes vennlige ut, så hun gikk tilbake for å snakke med Harutos bestemor.

"Haruto har funnet seg til rette sammen med de andre guttene, og de småprater. Du kan flytte ham inn hit i morgen hvis du vil. Han har sin egen barneseng der inne. De planlegger et nytt navn til superheltlaget sitt, så jeg ville ikke avbryte idémyldringen deres."

Harutos bestemor nikket: "Takk."

Lia og Brandy var nå involvert i samtalen fra rom til rom.

"Styrke x 7", foreslo jentene.

"Hun kan av og til lese tankene våre", bekreftet E-Z.

"Hva med PAFHS7?", utbrøt Charles.

"Jeg liker det", sa E-Z, "men glemmer vi ikke to viktige medlemmer av teamet vårt? Jeg mener Little Dorrit og Baby. De er viktige medlemmer, og de har reddet oss et par ganger allerede."

Alfred gjentok ordene, og det samme gjorde Haruto.

"Hva med PAFHS9!" sang Lia og Brandy.

PAFHS9 kunne ikke for det, de lo - helt til de hørte noen gå rundt over hodene deres på taket.

"Hva pokker var det?" spurte E-Z.

"Yoo-hoo! Det er oss!" sa Raphael. "Eriel og jeg.

KAPITTEL 10

BRÅK PÅ TAKET

S AM LURTE PÅ OM julen hadde kommet tidlig da han snublet ut i morgenkåpen for å undersøke bråket på taket. Han kunne ikke se hvem som var der oppe før han sto midt på plenen.

"Hysj!" hvisket han. "Vi har akkurat fått ungene til å sove."

Erkeenglene svarte ikke. I stedet hang de med hodet som to utskjelte barn.

"Har dere lyst til å bli med inn?" spurte han.

"Tusen takk", svarte Raphael.

POOF

POW

Hun og Eriel forsvant.

Sam beveget seg ikke bort fra plenen med en gang. Føttene var våte av dugg på gresset, og mens han stakk nevene i lommene på morgenkåpen, fikk han øye på Lille Dorrit og Baby som sirklet rundt huset.

"Er alt i orden der nede?" spurte Lille Dorrit.

"Ja", sa Sam, "men ikke gå for langt for sikkerhets skyld. Jeg plystrer hvis vi trenger hjelp." Han vinket og gikk inn i huset igjen, som nå var fylt av stemmer og skraping av stoler. Han bet tennene sammen og håpet at tvillingene sov godt. På kjøkkenet la han merke til at alle var våkne, bortsett fra Harutos bestemor.

Raphael, som satt for bordenden, lignet nå kvinnen som var kledd som sykepleier på hotellet da Alfreds liv ble reddet. Den lange, flagrende eksamenskjolen hennes ga henne status blant de andre, som om hun var en sittende professor eller dommer.

Eriel, derimot, hadde endret utseendet sitt slik at han så ut som en avdød sanger hvis varemerke var å være kledd i svart fra topp til tå, inkludert mørke solbriller.

"Trenger vi flere stoler?" spurte Samantha.

"Jeg tror vi klarer oss", sa Sam. "Jeg håper at dette ikke kommer til å ta veldig lang tid. Og E-Z, du tar den andre enden av bordet siden du er vår valgte leder."

"Øh, takk", sa E-Z og satte seg på plass. "Så hva i all verden gjør dere to her midt på natten?"

Brandy lo: "Og hvem har sagt at det er jeg som er uhøflig?"

Lia sa: "Hysj."

Raphael kastet et blikk på hvert av barna. Det var første gang hun så Haruto, Charles, Brandy og Lachie. De var alle så utrolig unge og modige. Hun fikk tårer i øynene da blikket hennes falt på E-Z. Hun bøyde hodet.

E-Z ventet, men skjønte så at Raphael ba ham om å gi henne tillatelse til å snakke. Han nikket.

Før han snakket, justerte Raphael de nye brillene hennes. Det fikk E-Z til å rette på de gamle brillene sine, som han aldri tok av seg, slik den opprinnelige eieren hadde bedt ham om.

Charles, som helt ukarakteristisk begynte å bli mer og mer utålmodig, spurte: "Frue, hvorfor er jeg her som en ti år gammel gutt når jeg ville vært mye mer nyttig for teamet som voksen?"

"HOLD KJEFT!" utbrøt Eriel og slo nevene i bordet. "Vi har ordet. Snakk, søster, for disse barna blir stadig mer utålmodige. Øynene deres flakker og farer rundt i rommet. Som om de forventer at du skal slippe dem ned i varme vokskar!"

"Uforskammet!" utbrøt Brandy. "Jeg er ikke redd deg!"

"Hysj", hvisket Lia.

Charles smilte til Brandy.

"Du burde være redd," sa Eriel med en grimase. "Veldig redd."

"Ro i salen! Ro i salen!" ropte Raphael, og hun ventet til alle hadde satt seg ned og blitt roligere. "Vi er her i kveld for DIN skyld." sa Raphael litt høyere enn hun hadde forventet.

"Her! Her!" innledet Eriel.

"Hvordan det?" spurte E-Z.

"Hun forteller det hvis du holder kjeft!" sa Eriel.

Raphael ventet igjen før hun tok ordet.

"Vi har ikke tid til fine planer eller utsettelser. Furiene herjer i stadig større grad for hver dag som går ved å stjele sjelefangere. De kaster gamle sjeler ut i det åpne tomrommet. Det er fullstendig kaos der ute! Og de skaper mer for hvert sekund, hvert minutt, hver time hver dag. Kort sagt, de må stoppes. Umiddelbart."

"Men..." sa Alfred, "du nevnte ikke engang barna."

Eriel reiste seg fra stolen. Han stirret på Alfred og tvang ham til å se bort. "Hun er ikke ferdig ennå." Raphael fortsatte uten å nøle denne gangen.

"Vi, Eriel og jeg, er her for å gi deg råd - uten å være direkte involvert. Vårt oppdrag er å hjelpe dere, å hjelpe dere selv til å redde barna."

E-Z likte ikke lyden av dette, ikke i det hele tatt. Han slo nevene i bordet.

"Vi har allerede blitt enige om å kjempe mot The Furies. Først må vi gjøre oss klare og legge en plan. Når vi er klare, skal vi tilintetgjøre dem. Hvis dere har kommet hit for å skynde på oss, for å presse oss ut i kamp før tiden er inne, vil jeg som valgt leder trekke meg. Vi er bare barn, og du ber oss sette livet på spill. Jeg er ikke, og vi er ikke, villige til å gå videre før vi er helt forberedt."

Lia reiste seg først og begynte å applaudere, og resten av teamet sluttet seg til.

"Det han sa", kurret Alfred, siden svaner ikke kan klappe.

"Vent!" sa Raphael. "Vi er ikke her for å presse deg, vi er her for å hjelpe deg."

Eriels farge skiftet fra hvitt til rødt, i ekstrem kontrast til det svarte antrekket hans. E-Z og de andre så på mens erkeengelen ble stadig rødere, og fryktet at hodet hans skulle eksplodere.

"Ro deg ned og sett deg ned!" beordret Raphael. Eriel trakk pusten dypt noen ganger, og sank så ned i setet sitt igjen.

Raphael forble rolig med hodet høyt hevet. Hun skjøv stolen sin bakover og reiste seg. Og fortsatte å reise seg helt til hun var over de andre. Hun satte seg til rette, som om hun red på et magisk teppe, og vippet hodet til høyre som om hun poserte for en selfie.

"Vi er forpliktet til deg og oppgaven, men kreftene våre har sine begrensninger. Hvis dere kjenner til uttrykket 'vi er her for dere i ånden', så er det det vi er. Vi har tilsidesatt alle regler i dag ved å komme hit til hjemmet ditt. Vi gjorde dette mot råd fra våre overordnede og mot all sunn fornuft.

"Ved å komme hit har vi utsatt oss for usynlige og ukjente farer, men dere er verdt risikoen. Derfor bestemte vi oss for å komme hit og tilby vår hjelp personlig."

"Vi har også forstått at dere har lagt en plan, og vi er her som sparringspartnere. Du kan teste den på oss og se om den fungerer. Hvis vi ser noen feil, skal vi påpeke dem og hjelpe deg."

E-Z kastet et blikk på teammedlemmene, som satte seg ned igjen. "Vi vurderer muligheten for å trekke gudinnene inn i et spill og beseire dem der."

"Å, jeg skjønner", sa Raphael. "Du tror du kan slå dem i deres eget spill, for å si det sånn, smart. Ganske smart, men ikke smart nok, er jeg redd."

"Hva mener du?"

"De har funnet ut hvordan de skal manipulere og kontrollere alle aktørene i spillverdenen. De kan alle triksene i boka - for bransjen har gjort det enkelt når du først er inne i spillet. For å spille må du drepe. For å avansere må du drepe. For å vinne må du drepe.

"I spillverdenen E-Z må du også drepe. Når dere gjør det, er dere fritt vilt for The Furies. De kan ta dere til fange, én etter én. Dere kan ikke stå sammen som et lag der. Lag i spillet er bare illusjoner. Ingen spillere vil være unntatt fra deres hevnlystne planer.

"Husk at gudinnene har et mandat - nemlig å straffe de ustraffede. Og de følger det til punkt og prikke, uten om og men. Men de utnytter en gråsone til sin fordel. Ingenting kan stoppe dem - forutsatt at de holder seg til mandatet." Hun stoppet opp og kastet et blikk på Eriel: "Er det noe du vil tilføye?"

"Hvis jeg var deg," sa han, "ville jeg angrepet dem direkte ute i det åpne. Der og når de minst venter det. Det ville gi deg en maktposisjon og gjøre dem sårbare."

"Hvis de da ikke ser oss eller skjønner at vi kommer for å ta dem", sa Brandy. "Jeg skjønner fortsatt ikke hvordan de dreper barna. Vi må se det for å forstå det og vite hva vi står overfor. Jeg sa at jeg ville hjelpe, men jeg forventet definitivt mer spesifikk informasjon."

"E-Z," spurte Raphael, "er du villig til å gi meg brillene mine tilbake? For en kort stund? Med dem kan jeg vise deg Furienes teknikk. Hvordan de fanger barna i spillet i sanntid. Brandy har rett, å se er å tro, men jeg kan ikke gjøre det uten de originale brillene mine. Bare du kan ta den avgjørelsen. Hvis du virkelig vil se. Hvis du virkelig vil vite."

"Kult", sa Brandy. "Da setter vi i gang, E-Z."

Eriel kastet et blikk i taket. "Ophaniel har tilkalt meg. Jeg må gå nå." Han bukket.

ZIP

Han forsvant ut i natten.

E-Z tok av seg de røde brillene og brettet dem sammen før han ga dem til Raphael, som fortsatt svevde over bordet. Da hun grep etter brillene, fløy de inn i hendene hennes.

Raphael tok av henne de nye brillene og pusset de gamle før han satte dem på ansiktet hennes. Hun smilte, mens hun og alle andre i rommet så blodet bevege seg slangeaktig rundt innfatningen, som om det gjorde seg kjent med henne på nytt.

Da blodet i brillene var tilbake i sin Raphael-flyt, satte hun dem på ansiktet og pekte mot veggen mens det kom kraftige, sterke lysstråler fra brillene, slik man forventer å se på kino.

"Før vi begynner", sa Raphael, "dette er ikke noe for sarte sjeler. Det dere nå skal få se, er klassifisert som "Adult Accompaniment". Jeg synes ikke Haruto bør se det."

Samantha sa: "Kom igjen, Haruto. Du og jeg kan se litt på TV i det andre rommet."

De to gikk ut. Og programmet begynte.

På skjermen var det en liten gutt. Rundt sju, kanskje åtte år gammel. Selv om det var midt på natten, satt han foran datamaskinen. På hodet hadde han hodetelefoner. Foran munnen hadde han en liten mikrofon som var festet til hodetelefonen.

"Nå har jeg deg!" sa han. "Jeg trenger bare ett drap til, så er jeg på neste nivå."

HHIIIIIIIIIIIISSSSSSSSSSSSSS.

Og de kunne også høre det.

"Du er en morder!"

"Bare slemme gutter dreper - og du er en slem gutt. Vet moren din hva slags slem guttemorder du er?"

"Jeg leker en lek", sa han. "Det er bare en lek, og hvis jeg ikke dreper, kommer jeg ikke videre."

"Stakkars gutt", sa E-Z.

Det ble stille.

Gutten fortsatte å spille. Snart var tiden inne for å drepe igjen. Denne gangen nølte han.

"Kom igjen. Du har drept én gang, du vet at det var gøy, så kom igjen og drep igjen. Du vet at du har lyst."

"Nei!" sa han.

"Det spiller ingen rolle. Ett drap er alt vi trenger!"

Så ble hvesingen veldig høy igjen, høyere, høyere, høyere, høyere.

"Slutt!" skrek han.

"Slutt, Raphael!" Lia skrek.

"Jeg kan ikke," svarte erkeengelen. "Du sa at du ville se hvordan de gjør det. Hvis noen av dere er for redde, kan dere gå ut av rommet eller holde dere for øynene. Brandy hadde rett, dere må se det med egne øyne. Til nå har jeg heller ikke sett det."

HHIIIIIIIIIIIIIISSSSSSSSSSSSSS.

Kom igjen. Du har drept én gang. Du har drept én gang, du vet at det var gøy, så kom igjen og drep igjen. Du vet at du har lyst."

Kom igjen. Du har drept én gang, du vet at det var gøy, så kom igjen og drep igjen. Du vet at du har lyst."

Kom igjen. Du har drept én gang, du vet at det var gøy, så drep igjen. Du vet at du har lyst."

"La, la, la, la, la," sang gutten. Han prøvde å fortrenge stemmene.

"Han har blitt gal", sa vennen hans som også spilte spillet. "Jeg går nå. Vi ses på skolen i morgen, Tommy."

"La, la, la, la, la!" Tommy fortsatte å synge.

Pulsen hans gikk i været. Hjerteslagene ble raskere. Det dunket og dunket, som om det ville bryte ut av brystet hans. Han fikk ikke puste. Han prøvde å reise seg, men beina ble som gelé.

Han hørte en stemme i hodet. Det hørtes ut som morens stemme, men det var det ikke.

"Vi skammer oss sånn over deg, Tommy. Vi fortjener ikke å ha en morder som sønn!"

En annen stemme, som hørtes ut som farens.

"Sønnen vår er ingen morder, hvem er du? Du er ikke sønnen vår."

Tommy gråt.

"Jeg er en morder", sa han mens han falt ned fra stolen og smuldret sammen til en ball på gulvet.

Nå kom det to stemmer til fra skjermen. Broren Alex og søsteren Katie sang en sang sammen med foreldrene, en sang som ble sunget til en populær barnelåt om en morbærbusk. Versjonen deres lød slik:

"Tommy er en mur-der-er; mur-der-er, mur-der-er, mur-der-er, mur-der-er, Tommy er en mur-der-er, og vi elsker ham ikke lenger."

Stakkars Tommy var helt alene nå.

"Ikke gi opp", ropte Lia, selv om hun visste at han ikke kunne høre henne.

På gulvet, rullet sammen til en ball, forestilte han seg at moren, faren, søsteren og broren danset rundt ham. De sirklet rundt ham som en gribb rundt byttet sitt.

"Tommy er en mur-der-er, mur-der-er, mur-der-er, mur-der-er, Tommy er en mur-der-er, og vi elsker ham ikke lenger."

Tommys lille hjerte var knust. Det dyttet seg ut av kroppen hans og fløy sin vei.

Furiene fanget det og dyttet det inn i en sjelefanger. De smalt igjen døren.

Raphael tok av seg brillene. Med ett var det slutt på veggprojektoren. Da hun ga brillene tilbake til E-Z, trillet en tåre nedover kinnet hennes.

Stillheten rundt bordet var øredøvende.

"De får heksene Shakespeare skrev om i Macbeth til å se snille ut", sa Alfred.

"Jeg skjønner ikke hvordan min evne til å kamuflere meg eller snakke med dyr kan hjelpe mot dem", sa Lachie.

"Jeg ville drept én, dødd, kommet tilbake, drept den andre, dødd, kommet tilbake og drept den tredje," sa Brandy. "La meg få tak i dem!"

"Vent nå litt", sa E-Z. "Nå som vi har sett det, må vi snakke om det. Før vi kaster oss ut i det. Kanskje vi skal stemme på nytt? Deltakelsen vår må være enstemmig."

Sam tok ordet. "Dere trenger ikke å skamme dere over å si nei. Ingen har utnevnt dere til verdens frelsere."

"Han har rett", sa Raphael. "Ingen har utnevnt dere - men det er ingen andre som kan gjøre det."

"Hvorfor kan ikke dere erkeengler gjøre det?" spurte Brandy.

"Vi prøvde alt vi kunne, men mislyktes. Det var derfor vi kom til deg", sa Raphael. "Og én ting vil jeg gjøre klart for dere alle... Hvis dere noen gang frykter at slutten er nær, er det da vi kommer for å hjelpe dere."

"Hvordan har du tenkt å hjelpe oss da, når du nettopp fortalte oss at du er ubrukelig?" spurte Charles.

"Det var det jeg ville spørre om", sa Brandy.

"Hvis, når, slutten er nær ... vil vi erkeengler få andre krefter. Inntil vi får bruk for dem, sover disse kreftene dypt inne i jordens indre.

"I mellomtiden, E-Z, kan du de magiske ordene som påkaller Eriel til din side. De samme ordene vil bringe meg og de andre til deg hvis du trenger oss.

"Vi kommer. Vi vil kjempe ved din side. Men vær så snill, ikke kast bort kallet. For at de eldgamle kreftene skal våkne, må det foreligge umiskjennelige bevis på at menneskehetens undergang er nært forestående."

"Og hva om vi tilkaller dere, og kreftene dere sier dere vil ha, ikke kommer. Hva skjer da?" spurte E-Z.

"Da dør vi sammen med dere."

E-Z dunket nevene i bordet.

"Å se dem i aksjon får blodet mitt til å koke. Vi må beseire dem."

"Her! Her!" ropte Charles.

"Men først", sa Sam, "må du fortelle det til disse barna før du sender dem ut i kamp. Fortell dem nøyaktig hvordan du og de andre erkeenglene forsøkte å beseire Furiene."

"Vi satte opp en felle for dem da vi oppdaget at de hadde kommet tilbake. Den forrådte oss, avslørte oss, og så flyttet de til Death Valley. Death Valley er forbudt område for erkeengler nå."

"Utenfor grensene? Hvem har gjort den til det?"

"Det er et spørsmål jeg ikke kan svare på. Det eneste jeg vet, er at en gruppe svært mektige erkeengler ikke klarte å bryte gjennom de beskyttende barrierene de har satt opp."

"Er det alt?" spurte Brandy. "Det er alt dere har prøvd, og nå vil dere at vi skal ta over. Seriøst?"

Raphael satte hendene i hoftene: "Vi er erkeengler, og kreftene våre på jorden er begrensede." Hun lo: "Kreftene våre andre steder er også begrensede."

"Greit, greit," sa E-Z. "Vi skjønner det. Vi har egentlig ikke noe valg, men overlat det til oss."

"Greit," sa Raphael. "Men før jeg går, Charles, vil jeg gjerne svare på spørsmålet ditt. Erkeenglene verken tilkalte eller løslot deg. Vi tror det er tilfeldig at du er her.

"Vi tror ikke at Furiene vet om deg heller. Kanskje du er et hemmelig våpen. Du kan ha enorme krefter i deg.

"Du sa at du ønsket at du hadde blitt brakt tilbake som en voksen mann. Din alder i dag er viktig. Vi tror at barn har menneskehetens fremtid i sine hender. Bare barn kan beseire ren ondskap."

"Men hvorfor bare barn?" spurte Charles.

"Fordi de er født rene av hjertet", sa Raphael.

Charles satte seg litt høyere i stolen.

Raphael fortsatte: "Charles Dickens, ikke vær redd for å eksperimentere og avdekke ditt sanne jeg. Inni deg kan det finnes en dør som bare du kan åpne. En nøkkel.

"Bare det faktum at det finnes en blodlinje mellom deg, E-Z og Sam, er viktig. Ikke vær redd for å risikere alt for å finne den nøkkelen. Du er her for å redde menneskeheten. Det er det ingen tvil om. Bruk tiden din her klokt. Gjør en forskjell."

Charles gråt, for så langt hadde han følt seg ubrukelig. De andre trøstet og beroliget ham.

"Lykke til, alle sammen", sa Raphael.

POW.

Og så var hun borte.

"Når vi overlever dette," sa Lia, "og det kommer vi til å gjøre, skal vi holde tidenes største seiersfest."

"Charles", sa E-Z. "Hvis Raphael har rett, kan du bli det viktigste medlemmet av teamet. Vær så snill å ta deg tid til litt sjelegransking."

"Hvordan gjør man sjelegransking?" spurte han.

"Meditasjon er én måte", sa Brandy.

"Eller å gå en tur i naturen", sa Lachie.

"Alenetid, bare tenke", tilbød Alfred.

"La oss få oss litt søvn og fortsette denne diskusjonen i morgen tidlig", sa E-Z.

"Jeg tror ikke jeg kommer til å få mye søvn etter å ha sett stakkars Tommy," sa Lia. "Det var enda verre enn jeg hadde forestilt meg."

"Ja, stakkars lille Tommy", sa Alfred og var enig.

"Er alle fortsatt hjemme?" spurte E-Z.

"JA" lød det fra alle sammen.

"Men hva med Haruto?"

"Jeg tror han fortsatt er med", sa E-Z, "men jeg skal forklare alt for Sobo, så kan hun snakke med ham om det. Jeg har full forståelse for at de trekker seg."

"Men det tror jeg ikke at de gjør," sa Samantha. "Haruto sover. Han følte seg skamfull fordi han var for ung til å se det du så. Som om han var et mindreverdig medlem av teamet."

"Du gjorde det rette da du tok ham ut av rommet", sa Sam. "Det vi var vitne til, var forferdelig."

"Jeg er enig", sa E-Z.

Charles sa: "Så det er alle for én og én for alle. Akkurat som i De tre musketerer."

"Jeg har alltid elsket den boken!" sa Alfred.

Selv i de vanskeligste situasjoner har bøker alltid ført folk sammen. Alle i PAFHS9 håpet at det var én ting i verden som aldri ville forandre seg.

KAPITTEL 11

DEJA VU

E-Z OG SAM HADDE ikke mye alenetid lenger, men ingen av dem klaget over det. Samantha var bekymret for at de var i ferd med å miste kontakten, og var fast bestemt på å rette opp i dette ved å overraske dem med en Early Bird-frokost på Ann's Café. De ankom kjøkkenet samtidig - siden de begge hadde fått melding om å kle på seg og komme til kjøkkenet umiddelbart.

"Hva skjer?" spurte Sam.

"Ja, hva er i veien?", spurte E-Z. spurte E-Z.

"Ingenting er galt", sa Samantha. "Dere har bestilt bord hos Ann, så dra dit med en gang - før alle våkner og vil være med."

Sam kysset sin kone.

"Jeg tenkte det var på tide at dere også spiste frokost sammen igjen."

E-Z ga Samantha en stor klem.

"Skal vi finne veien dit selv?"

"Absolutt, onkel Sam."

Sam tok med seg ryggsekken med den bærbare datamaskinen, og så gikk de av gårde.

Det var en vakker vårmorgen med masse fuglesang på vei til kafeen.

"Kona di er ganske spesiell."

"Ja, hun er en av en million."

Snart var de fremme ved kafeen. Den var nesten tom, og Ann var ikke å se, men E-Z kjente igjen søsteren hennes, Emily. Han hadde ikke sett henne siden han var liten.

"Du har ikke forandret deg stort", sa Emily og slo armene rundt ham.

"Det har ikke du heller," sa E-Z med dempet stemme mens hun holdt på å kvele ham i den tykke genseren sin. "Og dette er onkel Sam."

"Jeg ser likheten", sa Emily og tok ham hardt i hånden. "Jeg har et perfekt bord til deg, følg meg."

Da de passerte det vanlige bordet deres, nølte han og kastet et blikk på onkelen. "Er det greit at vi setter oss ved dette bordet i stedet, Emily?"

"Klart det!" Emily la frem sølvtøyet og overrakte menyene. "Kaffe?" Sam nikket, og hun skjenket opp et rykende varmt krus til ham.

"Vil du ha det vanlige?", spurte hun E-Z. Søsteren min fortalte meg hva det kunne være."

"Absolutt."

"Og det var en tykk sjokoladeshake, ikke sant?"

Hun hadde rett.

"Og du, Sam?" spurte hun. "Hva skal du ha i dag?"

"Jeg tar to av det samme som nevøen min," sa han, "men uten den tykke shaken. Kaffe er den eneste drikken jeg trenger denne morgenen."

"Akkurat!" sa hun og gikk ut på kjøkkenet.

Sam åpnet laptopen og lukket den igjen.

"Det er fint å komme til et sted der alt alltid er som før", sa E-Z.

"Jeg burde ta med Sam og tvillingene hit en dag snart. Jeg vil gjerne støtte lokale bedrifter, og det er et godt eksempel for Jack og Jill."

"Absolutt. Jeg har bare gode minner fra dette stedet", sier E-Z. "Men en vakker dag skal jeg ta en sjanse og bestille noe annerledes. Jeg må jo være et godt eksempel for søskenbarna mine."

Sam lo og tok en slurk kaffe. Et øyeblikk senere kom Emily innom og fylte opp koppen igjen. "Det er som om hun har øyne i bakhodet."

E-Z lo. Tankene hans kretset rundt et bestemt tema han ville diskutere: Furiene. Samtidig hadde han ikke lyst til å gå inn i den tunge samtalen med en gang.

"Så kona mi kommer til å ha huset fullt av gjester å mate når alle står opp."

"Sobo hjelper til."

"Ja, men jeg synes ikke vi skal utnytte det. Jeg vil at vi skal kunne gjøre en reprise, hvis du skjønner hva jeg mener?"

"Absolutt. Så la oss sette i gang."

Sam åpnet den bærbare datamaskinen igjen. Denne gangen slo han den på og skrev inn i søkemotoren:

How to defeat The Furies.

E-Z nikket da shaken ble satt ned foran ham. Han prøvde straks å ta en slurk av den tykke shaken, men den var for tykk til å få noe gjennom sugerøret - og det var akkurat slik han likte det. "Noe nyttig?"

"Det står at Erinyes - eller furiene - bare kan blidgjøres ved rituell renselse."

"Hva betyr det?"

"Jeg tror det betyr at du må utføre en gjerning - på deres anmodning, som soning."

"Betyr ikke forsoning det samme som bot? Jeg liker ikke lyden av det", sier E-Z. "Vi har jo ikke gjort noe å gjøre bot for."

"Det kan også bety forløsning. Tilbakebetaling. Reparasjon. Restitusjon."

"De fire R-ene, det er fengende, men jeg spør igjen: Hva skal vi betale dem tilbake for?

"Tenk ut av boksen", sier Sam. "Hva om du kunne gjøre noe for å oppmuntre dem til å stikke av og la barna og sjelefangerne være i fred?"

E-Z lo. "Hvis det fantes en måte, ville det vært perfekt. Men også for enkelt."

Sam klødde seg i hodet. "Her står det at furiene straffet menn og kvinner for forbrytelser etter døden og mens de levde. Det er det de gjør nå - barn, ikke voksne. Det visste jeg ikke."

"Det jeg ikke skjønner, er hvorfor. Hvorfor er de tilbake nå? Hva har forandret seg?"

"Utmerkede spørsmål som jeg ikke kan svare på", sier Sam. "Men her er noe interessant. Det står at de som skjebnegudinner hindret menneskene i å lære om fremtiden."

"Hvordan da?"

"Det står ikke," sa Sam, akkurat i det Emily kom tilbake for å fylle på kaffekoppen hans. "Bare litt," sa han. Han var redd for å flyte hjem hvis han drakk mer kaffe.

"Frokosten kommer om et øyeblikk", sa hun. "Håper dere er sultne!"

"Det er vi absolutt," sa E-Z mens han prøvde å drikke den tykke shaken sin igjen og fikk litt opp gjennom sugerøret.

Emily smilte og gikk for å hilse på noen nye kunder.

"Før alt dette", sa Sam, "hadde jeg aldri hørt om The Furies. I både gresk og romersk mytologi står det at de var rettferdighetens og hevnens ånder. Det andre navnet deres, Erinyes, betyr "de sinte"." Han skrollet nedover. "Jeg ser noen få omtaler i spillverdenen. Ingen av adjektivene som brukes for å beskrive dem, står i motsetning til det vi allerede vet, nemlig at furiene er onde, uhyggelige vesener som ikke viser nåde."

"Jeg skulle ønske PJ og Arden var tilbake hos oss. Med sin trollmannskunnskap ville de sikkert visst hva de skulle gjøre. Helt siden vi mistet dem, har jeg klaget på at jeg mistet kontakten. Bare fordi jeg ble for selvopptatt av å være superhelt. Jeg savner dem virkelig."

"De ville ikke ønsket at du skulle klandre deg selv. Og jeg savner dem også."

Emily satte maten på bordet. "Kos dere!", sa hun.

E-Z og Sam spiste grådig, uten å snakke på en stund. Etter mange lyder av matglede gjenopptok de samtalen.

"Jeg tenkte nettopp på planen - å beseire dem inne i spillet. Det hørtes bra ut - eller det trodde vi i hvert fall helt til Raphael fortalte oss noe annet. Men det var bra at hun sa det rett ut, ellers ... vel, jeg vil ikke engang tenke på hva som kunne ha skjedd med noen av barna."

"Jeg tenker likevel at Furiene må ha en akilleshæl. Husker du den historien?"

"Ja, det gjør jeg. Hvis de har et svakt punkt, vet jeg ikke hva det er. Vi vet at de er dødelige som oss. Hvis de kan dø, som oss, er det i det minste like vilkår."

"La oss fokusere litt mer på svakhetene deres: sinne, misunnelse, hevnlyst."

"Det er de samme tingene de straffer andre for, så hvordan kan det være svakhetene deres?" spurte E-Z mens han stappet en gaffel full av pannekaker i munnen. "Så bra."

Sam nikket: "Ja, det er de." Han tok en slurk kaffe til. "Det er sant, og det betyr at vi kanskje kan bruke de samme tingene som de straffer andre for, mot dem."

"Men hvordan?"

"Det vet jeg ikke - ENNÅ."

"Vi trenger kanskje mer enn én av disse øktene sammen for å finne ut av det", sa E-Z. Den andre tallerkenen med pannekaker ble satt ned på bordet foran ham.

"Ann ringte nettopp og ba meg ta med en ekstra porsjon pannekaker til deg", sa Emily.

"Takk skal du ha. Og hils Ann og si at jeg håper hun snart føler seg bedre."

"Det skal jeg gjøre. Mer kaffe?"

Sam nikket, så hun fylte på koppen hans. Da Emily gikk, sa han: "Jeg er straks tilbake", og gikk på toalettet.

E-Z snudde skjermen mot ham og skrev inn: HVORDAN DREPER JEG FURIENE?

Noen svar dukket opp, men de handlet alle om hvordan man slår de tre gudinnene som figurer i spillverdenen.

Sam kom tilbake. "Fant du noe?"

"Ikke noe nyttig. Selv om det står at Furienes røtter kan gå helt tilbake til forhistorisk tid."

"Baby har også røtter langt tilbake i tid."

"Du skulle ha sett hvor fort han slukte den ildkulen! Uten å nøle et sekund."

Da de var ferdige med måltidet, takket de Emily og dro hjem. De var så mette at de ikke trodde de skulle spise igjen.

"Det var virkelig hyggelig å tilbringe formiddagen sammen med deg", sa E-Z. "Det føltes som i gamle dager. "Det føltes som i gamle dager."

"Ja, det gjorde det. La oss gjøre det igjen snart. I mellomtiden bør vi tenke mer på det vi har lært i dag, for som det gamle ordtaket sier - der det er vilje, er det en vei."

"Det er sant, onkel Sam. Det er sant."

KAPITTEL 12

I HUSET

D A DE KOM TILBAKE til huset, var det første Sam gjorde å slå armene rundt kona. Hun var glad for å se ham, men hadde hendene fulle med å forberede frokosten.

"Jeg er glad for at du likte det", skrek Samantha.

"Er det noe jeg kan gjøre for å hjelpe?" spurte Sam mens han vurderte situasjonen med tvillingene.

"Alt er under kontroll", sa Samantha, mens tvillingene bak henne slapp ut et skrik.

Hovedsakelig fordi Haruto hadde tatt en liten pause i sin versjon av hon no piku, som oversatt betyr titte-bøh. I Harutos versjon gjorde han en grimase, snurret veldig fort til han forsvant, så dukket han opp igjen, og tvillingene fniste.

"Det var veldig kreativt!" sa Sam, mens Lachie tok over den underholdende rollen.

Lachie gikk rett på noen dyreimitasjoner og fikk strålende kritikker fra tvillingene da han lo som en kookaburra:

koo-koo-koo-koo-kaa-kaa-kaa-KAA!-KAA!-KAA!

Så var det Charles' tur til å underholde med historien The Three Boulders.

"Iwa?" sa Haruto, som oversatt betyr steinblokker.

"Ja", sa Charles, mens E-Z og Sam trakk seg tilbake til døråpningen for å høre på historien, mens Alfred, Sobo, Brandy, Lia og Samantha fortsatte med matforberedelsene.

"Det var en gang", begynte Charles, "en bakke høyt over Den engelske kanal. På den lå det mange, mange steinblokker. Det var faktisk for mange til at jeg kunne telle dem.

"Denne dagen rullet en stor og tung lastebil opp bakken, mens den knirket og gnisset i girene. Da den nådde toppen, satte den inn en steinløfter som slet med vekten av hver enkelt stein. I løpet av noen timer klarte den å samle opp så mange steiner som mulig. Helt til lasteplanet var fullt. Men ikke overfull. For da ville steinblokker trille av lastebilen når den kjørte, noe som måtte unngås for enhver pris.

"Lastebilen kjørte ned bakken. Den tømte steinblokkene over i en annen, større lastebil. En lastebil som var for stor til å komme seg opp bakken i det hele tatt, og som ikke hadde noen løftemekanisme. Da den mindre lastebilen var tom igjen, kjørte den opp bakken igjen. Snart var den igjen full av steinblokker.

"Denne prosessen ble gjentatt flere ganger, helt til den store lastebilen var full helt til toppen. Alle gjenværende steinblokker måtte transporteres i den mindre lastebilen. Nå som begge lastebilene var fulle, var det tunge arbeidet over. Så var det tid for lunsj. Mennene spiste smørbrødene sine og drakk termosene med varm, søt te.

"Tilbake på toppen av klippen var det bare tre ensomme steinblokker igjen. De var triste, de hadde mistet vennene sine og følte seg avvist, uønsket, unødvendig og ganske sinte på samme tid. Det kan være forvirrende å føle for mange følelser samtidig, men det kan hjelpe å dele følelser med venner, så de tre steinblokkene diskuterte situasjonen sin."

"Hva gjør de med alle vennene våre?" spurte den første steinblokken, som het Rocky.

"Jeg vet ikke", sa den andre steinblokken, som het Pebbles. "Kanskje de også trenger venner dit de skal. Jeg kommer til å savne dem."

"Nei," sa den tredje steinen, som var eldre og klokere og het Craggy. "De tar dem ikke med for å se verden. Heller ikke for å være vennene deres. Vet dere ikke at de knuser oss for å lage veiene sine?"

"Nei!" ropte Rocky og Pebbles. "De kan ikke knuse vennene våre til grøt!"

"Jeg skulle ønske de hadde tatt meg også," sa Craggy. "Jeg er for gammel til å bli sittende her oppe i alt det dårlige været. De harde vindene bryter gjennom det ytterste laget mitt, og jeg ville ikke hatt noe imot å tilbringe fremtiden min på veien. Da ville jeg i det minste ha et formål."

"Et formål?" utbrøt Rocky. "Kaller du det et formål å bli knust og bli overkjørt hver dag og hver natt?"

"Det er bedre enn å sitte her, bare vi tre, i all evighet. Jeg er lei av vinden og regnet og alt annet", sa Craggy.

"Vel, hvis du er så ivrig," sa Pebbles, "så er det bare å rulle ned fra kanten. Du faller rett ned i lastebilen, og så er du på vei ned sammen med resten av vennene våre."

"Å, det er for langt", sa Rocky mens han rullet seg litt nærmere kanten. "Har du virkelig så lyst til å forlate oss? Kan du ikke finne en mening med å bli her hos oss? Vi trenger deg. Du er eldre og klokere."

Craggy beveget seg mot kanten og kikket over kanten. Det var sant, lastebilen var der. Noen få svetteperler dryppet ned. Enten var det svetteperler eller tårer.

"Det er fryktelig langt ned", sa Craggy. "Og det ville ikke være riktig av meg å la dere to unger være alene."

Pebbles sa: "Og hva om dere bommet på lastebilen og ble knust i småbiter der nede! Da ville vi vært her oppe med denne fantastiske utsikten, og dere ville vært helt alene der nede."

"Dessuten", sa Rocky, "kommer de kanskje tilbake etter oss en dag. I mellomtiden kan vi prate og nyte utsikten og den friske luften."

Under dem startet lastebilen på nytt.

TUGGA TUGGA VROOM, VROOM.

"Det er nå eller aldri", sa Craggy da lastebilen kjørte av gårde.

"Vi er i hvert fall sammen", sa Rocky.

"De tre steinblokkene trengte seg sammen skulder ved skulder. De snudde ryggen til vinden, pustet inn den friske luften og så ut på den vakre utsikten til solnedgangen i horisonten.

"Moralen i historien er", sa Charles, "at det er en god historie.

Det var de siste ordene E-Z hørte før han var tilbake i den fordømte siloen igjen.

KAPITTEL 13

SILO

"Velkommen tilbake!" sa stemmen i veggen med en overbærenhet som fikk E-Zs skuldre til å spenne seg som om noen sto på dem. Motvillig til å svare, rullet han skuldrene først forover og deretter bakover i håp om å lette på spenningen.

"DOT. DOT," sa en annen stemme i veggen, men denne gangen var stemmen mer stille, nesten som en hvisking.

Han åpnet munnen for å svare, men han kom ikke på noe, så han forble stille, bortsett fra knakkingen i fingrene som han håpet ville lette på den anspente kroppen.

Den første stemmen spurte med en mer beroligende tone: "Jeg ser at du er anspent og bekymret. Er det noe du vil ha for å få tiden til å gå mens du venter? Noe å drikke? En bok? En reise i tankene?"

Til å være en stemme i veggen var hun svært klarsynt, og det hjalp ham til å slappe litt av. Han var imidlertid ikke ivrig etter å takke ja til tilbudet, for han ante ikke hva en reise i tankene ville innebære.

"Jeg ser at du nøler ..."

Han satte seg oppreist i stolen og trommet med fingrene på armlenene som om han rocket til Deep Purples Smoke on the Water. Han og faren hadde duellert på en foreldet versjon av Guitar Hero, og de hadde hatt det kjempegøy. Når han husket det øyeblikket nå, føltes det som om faren var i siloen sammen med ham.

"Er du sikker på at du ikke vil ha en reise i tankene?" spurte kvinnen i veggen igjen. "Du kommer til å ha det kjempegøy!"

En eksplosjon. Han hadde nettopp brukt det ordet i tankene for å beskrive Guitar Hero-ing med faren. Kvinnen i veggen kunne utvilsomt lese tankene hans.

"Eh, hva er det egentlig?" spurte han. "Jeg sier ikke at jeg vil prøve meg på det, ikke før jeg vet mer om hva det innebærer."

"Det er et sted jeg kan sende deg til. Et spesielt sted der du kan leve ut en drøm."

Det hørtes utrolig ut ... og før han rakk å svare ...

DUH DUH DUH DUH,
DUH DUH DUH DUH DUH
DUH DUH DUH DUH
DUH DUH DUH.

Han sto på scenen og spilte sologitar med et band han umiddelbart kjente igjen som det opprinnelige Deep Purple.

Vokalisten, som hadde forlatt bandet, men som spilte den originale sologitaren på Smoke in the Water, så ikke ut til å ha noe imot at E-Z nå spilte hans rolle, og ikke gjorde en dårlig jobb heller. Vokalisten ga ham tommelen opp og gikk deretter over scenen til E-Z, som satt i rullestolen sin. Sammen spilte de noen riff mens publikum skrek, jublet og applauderte. Før han visste ordet av det, var han tilbake i siloen igjen, men den anspente følelsen han hadde hatt tidligere, var nå helt borte.

"Takk skal dere ha! Det var helt fantastisk! Jeg kan ikke beskrive hvor mye det betydde for meg. Jeg kommer aldri til å glemme det. Aldri!" Han nølte og tenkte at det eneste som kunne ha gjort det bedre, var om faren hans hadde stått på scenen sammen med ham.

"Beklager at jeg ikke kunne ta med faren din, men det var bare en forsmak. Og du er hjertelig velkommen. Bli sittende. Ventetiden er ett minutt."

"Da tror jeg at jeg blir helt satt ut av spill!" sa E-Z mens han lente hodet bakover og gjenopplevde opplevelsen igjen. Han følte seg allerede så avslappet at han kunne ha tatt seg en lur.

PFFT.

Duften denne gangen var annerledes, peppermynte og noe annet han ikke helt klarte å sette fingeren på.

"Det er rosmarin," sa stemmen i veggen.

"Ganske forfriskende." Han lukket øynene og drev rundt i tankene da taket over hodet hans gjespet opp. Han ristet på hodet og åpnet øynene for å forberede seg på det som skulle komme.

Lysstråler slo inn i metallcontaineren og ble kastet tilbake fra vegg til vegg. Han holdt seg for øynene for å beskytte dem mot det foruroligende lysshowet. Da de sprettende lysstrålene tok slutt, kom en skikkelse inn gjennom det åpne taket. For et inntog hun hadde gjort. Det var Raphael.

"Hallo", sa han. "Det var litt av en entré."

"Jeg har blitt forfremmet," innrømmet erkeengelen, "og det kreves en viss grad av utsmykning. Kanskje litt overdrevet i dette tilfellet, men det er en relativt ny forfremmelse. Alle forfremmelser har en læringskurve."

"Gratulerer med forfremmelsen."

"Takk, la oss nå komme til saken, hvorfor du er her."

"Klart det."

E-Z ventet tålmodig på at Raphael skulle si noe igjen, men det gjorde hun ikke på en stund. I stedet flakset hun rundt, som en fugl som tester vingene for første gang. Viste hun seg frem? Hvis ja, hvorfor? Så så han det: Hun hadde på seg et par splitter nye briller. De var større og mer karakteristiske, med større innfatning og tykkere glass, og fikk henne til å se ut som en kvinnelig versjon av Mr. McGoo.

"Fine briller", løy han.

"De var ikke førstevalget mitt", innrømmet Raphael, "men de får duge." Hun beveget seg nærmere der han satt og svevde. "Det ser sånn ut." Hun stoppet opp og beveget seg ubekvemt.

SKIDOO

Det kom en stol som hun satte seg i et øyeblikk.

SKIDOO

Og så var den borte. Hun svevde igjen. Plasserte den åpne håndflaten på siden av ansiktet. "Vi har blitt gjort oppmerksomme på et par ting. Jeg mener ikke det i kongelig forstand, jeg mener det som i alle erkeengler."

"Som for eksempel?"

Igjen ble hun urolig.

"Skal jeg be veggen om å spraye litt lavendel for å få deg til å slappe av? Du virker ganske anspent."

Så var hun i ansiktet hans og skrek: "LAVENDEL VIRKER IKKE PÅ ERKEENGLER! Det er en avskyelig, menneskelig..." Hun trakk pusten dypt. "Jeg er veldig lei for det."

"Det går bra. Jeg skjønner at du har dårlige nyheter å fortelle meg. Det er bedre å rive av plasteret. Det jeg mener, er å si det rett ut."

"Ja vel. Da setter vi i gang."

E-Z lente seg nærmere: "Ok, sett i gang."

Fra høyttalerne i veggen ble det spilt en sang, noe om å skyte en sheriff.

Først nynnet han med. "Stopp!", kommanderte E-Z. kommanderte E-Z. "Og fortell meg hvorfor jeg er her."

"Han vil gå rett på sak", sa Raphael til seg selv. "Vel, her er det. Jeg skal gå rett på sak."

"Ok, gjør det." sa E-Z og ønsket at hun skulle gjøre det.

"I et nøtteskall", sa hun, "har Eriel blitt tatt på fersken - han spiller for begge sider."

"Spiller hva?" Så var det noe i hodet hans som endret seg. "Nei, du mener vel ikke at han har forrådt oss?"

Hun slo den beinete fingeren på haken, mens E-Z åpnet og lukket munnen som en elvemusling utenfor vannet.

"Ja, Eriel var personlig ansvarlig for din venn Rosalies død. Han var også ansvarlig for ødeleggelsen av Det hvite rommet. Bare ham. Bare Eriel."

E-Z tok det inn over seg. Stakkars Rosalie. "Vent! Jobbet han ikke for deg? Jeg mener, var det ikke du som hadde ansvaret for ham? Hvordan kan dette ha skjedd på din vakt? Jeg har lest en del om erkeengler, men å forråde barn som frivillig hjelper deg, er det laveste du kan komme. Jeg antar at leoparder ikke bytter flekker."

"Jeg hadde ikke ansvaret for Eriel. Han og jeg var kolleger, kamerater. Vi jobbet sammen, og jeg trodde vi respekterte hverandre. Jeg tok feil."

"Likevel ble du forfremmet."

"Ja, men det var ingen direkte sammenheng mellom de to tingene. Alt jeg kan si, er at Eriel en gang var en av oss, nå er han ikke det lenger. Etter å ha forrådt oss og deg. Etter å ha vendt ryggen til prinsippene sine - alt vi står for - er han ute. Jeg mener for godt."

E-Z gispet. "Mener du at Eriel har avslørt oss? Med oss mener jeg meg og teamet mitt?"

"Michael, som er lederen vår, har avhørt Eriel. Det tok litt tid å få ham til å snakke. Men han har tilstått at han brakte Furiene tilbake til jorden. At han brukte dem for å fremme sin egen posisjon. Det finnes ingen forsoning. Ingen tilgivelse for Eriel."

"Jeg er målløs. Hvordan kunne dette skje?"

"Hvordan? Hvis vi visste hvordan, ville vi visst hvorfor - men det gjør vi ikke. Det vi vet, er at han er Eriel, og Eriel gjør alltid det som er best for Eriel. Vi visste at han hadde problemer, men likevel fortsatte vi å gi ham muligheter til å bevise hva han var god for - og da han sviktet oss, tilga vi ham og ga ham en ny sjanse og en ny sjanse. Vi fortsatte å tro på ham helt til nå. Han er ferdig. Han er ferdig."

"Ferdig? Mener du død? Dør erkeengler? Og hvorfor ga du ham så mange sjanser? Kjenner du ikke til ordtaket: "Three strikes and you're out"?"

"Jo, jeg har hørt den baseballterminologien, men vi er erkeengler, og det forventes at vi alle mislykkes eller får tilbakefall på et eller annet nivå. Og du har rett når det gjelder hendelsen i Edens hage. Historien vår går langt tilbake i tid, men vi trodde vi gjorde det bedre og forbedret oss. Jeg er selv skytshelgen for unge mennesker, som deg og vennene dine.

"Derfor foreslo jeg at vi skulle samarbeide med dere for å bekjempe de fryktelige furiene. Det var Eriel som oppmuntret meg til det. Det var han som oppdaget deg. Han sendte Hadz og Reiki til deg. Helt til de forferdelige søstrene kom, tilførte vi noe positivt til livene deres... Vi ga dere et formål. Husker dere de gangene dere ville gi opp? Det gjorde dere ikke, for vi hjalp dere å fortsette."

"Ok, jeg forstår at Eriel er en skurk. Hva betyr dette for meg og teamet mitt? Slik jeg ser det, har oppdraget vårt blitt kompromittert. Så vi er ute, og jeg synes du bør gå videre til plan B."

"Problemet er", sa Raphael, men stoppet opp da taket over dem åpnet seg igjen og Ophaniel kom svevende ned mot dem uten noe som helst oppstyr.

"Lenge siden sist", sa Ophaniel henvendt til E-Z. Så til Raphael: "Er han oppe i fart?"

"Ja, det er han. Og jeg er glad for at du er her, for han vil vite hva plan B er."

Ophaniel nikket. "Ja vel. For å gjøre det så klart som mulig: Vi har ingen plan B, C eller D - fordi du og teamet ditt var alle planene våre i ett."

E-Z ristet vantro på hodet. "Har dere erkeengler ikke hørt uttrykket "ikke legg alle eggene i én kurv"?"

Ophaniel lo. "Ja, det stammer fra Cervantes' Don Quijote, men jeg har aldri forstått det. Muligens fordi vi erkeengler ikke spiser egg. Bare tanken på det geléaktige eggekjøttet får meg til å spy."

"Jeg også," sa Raphael og holdt seg for munnen med håndbaken. "Bortsett fra at de ser motbydelige ut, hvorfor legger man i det hele tatt egg i en kurv? Hvorfor ikke i en bolle? Hvis du skal tilberede egg ..."

"Enig", sa Ophaniel. "Jeg har sett Jamie Oliver lage omelett. Han bruker en bolle først, og så steker han dem."

"Å, bror, og jeg kan ikke tro at dere erkeengler ser på TV, og enda mindre på Jamie Oliver." Han ristet på hodet. "Det betyr at hvis du legger alle eggene sammen på ett sted - i en kurv, en bolle, en kjele eller hva du nå enn foretrekker - hvis du slipper kurven, bollen eller kjelen, vil alle eggene bli knust og ødelagt av skallene, så du får ingen egg til frokost."

"Men legger ikke høner egg hver dag? Så hvis du ikke får egg i dag, er det bare å komme tilbake i morgen", sa Ophaniel.

"Hva er en dag uten egg?", spurte Raphael. spurte Raphael.

E-Z åpnet hånden og slo den mot hodet. "Argghh!" Erkeenglene så på ham og ventet mens han trakk pusten dypt inn og pustet høyt ut. "Hva skal vi gjøre med denne Eriel-situasjonen?"

"For det første", sa Ophaniel, "kommer vi tilbake til dere i dag på deres spesielle forespørsel, trommevirvel - deres to venner..."

POP

POP

Hadz og Reiki, eller det som lignet på de to wannabe-englene, ankom. De var sotet fra topp til tå. Kronbladene var skjeve og slitte, noen var åpne og oppe, andre var døde og visne. Vingene hang, som om de hadde glemt hvordan man flyr eller ikke hadde noen vilje til å fly lenger, og ansiktene deres bar preg av ekstrem fortvilelse.

"Hva har skjedd med dem?" spurte han.

Ophaniel gikk nærmere de to fordrevne wannabe-englene, og de rygget tilbake.

"Dere er trygge nå," sa Raphael med en myk, moderlig stemme, noe som fikk dem til å begynne å hulke, noe som gikk over i skrik.

Ophaniel holdt seg for ørene, gikk nærmere E-Z og hvisket. "Eriel holdt dem fanget. Det tok oss litt tid å finne dem denne gangen. Stakkarene kunne ikke noe for det, for han fratok dem kreftene deres."

"Stakkars dem", sa E-Z.

E-Z, Ophaniel og Raphael snudde seg mot skapningene. Hadz og Reiki forsøkte å smile. De var ikke i nærheten engang.

De to kastet seg rundt som om de kjempet mot en flokk gribber.

"Vær stille," sa Ophaniel.

Hadz og Reiki sluttet å bevege seg. Nå satt de som et par skitne dukker med øynene festet på ingenting og ingen. De var en skygge av seg selv.

"Jeg vil ikke være uhøflig," hvisket E-Z, "men slik de er nå, er de ikke til mye hjelp for oss. Hvis du da kan overbevise oss om at vi skal gjennomføre denne planen under disse omstendighetene."

E-Zs ord traff de to wannabe-englene som et slag i ansiktet.

POP

POP

"Så uhøflig og unødvendig grusomt!" Ophaniel skjelte ut før hun forsvant.

ZAP

"Du har vist oss en veldig grusom side av deg selv, E-Z Dickens, og hvis moren og faren din var her, ville de skamme seg over deg."

"Beklager," sa E-Z, "men du må aldri snakke til meg om foreldrene mine. For dere erkeengler er de forbudt område. Forstått?"

Raphael nikket.

"Dessuten mente jeg ikke å såre dem. Selvfølgelig kan vi bruke dem. Hvis vi må kjempe mot Furiene, trenger vi all den hjelpen vi kan få. Kom tilbake, vær så snill, Hadz og Reiki. Gi meg en sjanse til."

Ingenting.

E-Z prøvde igjen. "Kom tilbake, så er dere hjertelig velkomne i teamet vårt."

POP

POP

Paret var nå rene og ryddige som før.

"Velkommen tilbake", sa E-Z.

Hadz og Reiki fløy bort til ham. De tok plass på hver sin skulder. De skalv ufrivillig, redde for sine egne skygger.

"Det kommer til å gå bra", sa han. "Vi passer på dere nå som dere er en del av teamet vårt."

De prøvde å smile, og han satte pris på forsøket.

"Så", sa E-Z, "hva var det Eriel fortalte The Furies om oss?"

"Han fortalte dem at vi sendte barn for å bekjempe dem - det er alt."

"Var det det han sa til dere? Hvordan vet vi at han ikke lyver? Og hvordan finner vi ut hva Furienes sluttspill er?"

"Vi tror vi vet at Furienes og Eriels mål var å ta kontroll over Jorden. De ville sette JORDEN PÅ PAUSE og forvandle den til et nytt Hades, det vil si helvete på jord. Der de kunne herske ved å danne et team av sjeler som var prisgitt deres nåde. Ja, de ville slippe sjelene fri, men når de først hadde fått friheten, måtte de gi den fra seg."

"Hvorfor skulle de gå med på å gi den fra seg?" spurte han.

"Fordi mennesker, selv menneskesjeler, ikke kan forholde seg til begrepet frihet. I stedet foretrekker de å være bundet. Mangel på frihet er menneskets sikkerhetsteppe."

"Det er løgn", sa E-Z. "Det gjør meg så sint! Vi mennesker kan sette pris på friheten vår. Vi elsker naturen, å kunne puste i luften, å dele tanker og følelser med andre, å sette pris på verden og alt vi har i den."

"Sint nok til å kjempe for friheten din og andres frihet?" sa Ophaniel.

E-Z hadde ikke engang lagt merke til at hun hadde kommet tilbake.

"Ja," sa han. "Men si meg, i denne nye verdenen deres ville de bare velge de sjelene de kunne kontrollere. Hva ville skje med de andre?"

"De ville flyte rundt i all evighet, uten noe hjem," sa Raphael. "I denne nye verdenen deres ville livet etter døden være eliminert. Jorden ville for alltid befinne seg i en pause. Sjelene ville forbli i kropper som ikke lenger var levende, og de ville heller ikke være døde. Ingen hjerter ville lenger slå. Ingen kjærlighet eller barn ville lenger bli født. Ingen sjeler som kunne stige opp - lenger - noensinne."

E-Z forble stille, tenkte og tok det hele inn over seg.

Stemmen i veggen spurte: "Er det noen som vil ha en forfriskning?"

"Nei takk," sa han, men han var glad for avbrytelsen, for den brakte ham tilbake til øyeblikket. "Jeg forstår hva Eriel brukte Furiene til. Faktum er at han er en erkeengel som deg, og du visste at han hadde problemer, men likevel ga du ham sjanse etter sjanse, selv når han ikke fortjente det. Så nå lurer jeg på hvorfor vi, jeg og teamet mitt, skal fikse det en av dine egne erkeengler har ødelagt?"

"Fordi..." begynte Raphael.

"Jeg var ikke ferdig ennå," sa E-Z, "før da du og Eriel besøkte huset mitt, da han møtte familien min og de andre teammedlemmene, trodde vi at han var på vår side. Han har sett hvor vi bor. Han vet alt om oss. Vi er i stor fare på grunn av ham."

"Det er sant", sa Ophaniel.

"Det kan ikke benektes, og vi er veldig lei oss", sa Raphael.

"Be Eriel kalle dem tilbake. Han skapte dette rotet, og han bør ordne opp i det." Han slo de knyttede nevene ned i armlenene på stolen, noe som fikk Hadz og Reiki til å hoppe og skjelve. Han klappet de vordende englene på hodet. "Det går bra, beklager at jeg gjorde dere opprørte."

"Bravo!" jublet Hadz.

"Hurra!" ropte Reiki.

Raphael og Ophaniel sa i kor: "Eriel er fanget dypt inne i jordens indre. Han befinner seg på et sted der ingen mennesker bør våge å gå. Kort sagt, han kan ikke nås."

"Men vi unnslapp fra gruvene en gang," sa Reiki.

"To ganger," sa Hadz.

"Han er ikke i gruvene, han er et annet sted, lenger nede, ikke så langt nede som i brannene, men et annet sted der det er så kaldt at alt blir til is, til og med blodet som flyter i årene. Et sted der ingen mennesker kan overleve!

"Eriel er også maktesløs der, siden han har blitt fratatt alle sine krefter. Han er innelåst, han ser ingen.

Hører ingenting. Han får aldri lov til å forlate stedet - ALDRI."

"Jeg vil snakke med ham", sier E-Z. "Jeg må stille ham spørsmål - spørsmål som bare han kan svare på."

Raphael og Ophaniel ropte: "Det kan dere ikke! Det må dere ikke!"

"Da trekker jeg tilbake støtten fra teamet mitt. Vær så snill å ta meg med hjem. Haruto og de andre kan dra tilbake til familiene sine." Han sluttet å snakke da han fikk et glimt av PJ og Arden i tankene. Hvis han ikke gjorde noe, ville de bli liggende i koma, kanskje for alltid.

Han husket alle gangene de hadde hjulpet ham. Den første dagen han var tilbake på skolen i rullestol. Den gangen de fikk ham til å begynne å spille baseball igjen - alle gutta på laget var på banen for å hilse på ham. Den gangen de hjalp ham gjennom alt da foreldrene hans døde. En tåre trillet nedover kinnet hans. Han tørket den bort.

"TA HAM!" tordnet en stemme i veggen.

Så ble det plutselig veldig, veldig kaldt. Så kaldt at han innbilte seg at han virkelig kunne kjenne blodet i årene bli til is.

KAPITTEL 14

ERIEL PÅ IS

Helt alene. Så veldig alene. Og så kald, så veldig, veldig kald. Det var som om han befant seg inne i en uthulet isbit. Da han pustet inn, fylte isen lungene hans.

Han gikk helt til kanten. Han pustet inn i den. Den dugget til. Det var ikke en isbit, det var en glasskube. Og det var et håndtak. Det så ut som om den var laget av medalje. I frykt for at huden hans skulle klebe seg fast, brukte han skjorten og åpnet den.

Inni lå en samling varme tepper, dyner, kofter, luer, hansker - hele pakka. Han stakk hånden inn og kledde på seg.

Idet han stakk armene inn i kofta, fløy tankene tilbake til en gang faren hadde en lignende genser på en skitur. Den var grønn, akkurat som denne, og på utsiden var den klønete å ta på, men på innsiden var den varm som ristet brød. Da han trakk den rundt seg og kneppet den foran, kjente han den eikeaktige lukten av farens favorittbarberkrem i neseborene.

kjente lukten av farens barberkrem i den. En sterk følelse av déjà vu overmannet ham da han stakk fingrene inn i et par svarte fløyelshansker - hansker som han sverget på hadde tilhørt faren. Men det kunne de ikke være, siden alt var ødelagt i brannen. Han slo armene rundt seg for å få varmen. Han tenkte at det var kulden som tok over kropp og sinn.

Han skjøv bort noen andre ting og oppdaget et teppe i bunnen av esken som han kjente igjen med en gang. Det var håndstrikket av moren i sofaen kveld etter kveld, og da det var ferdig, fikk det sin plass - på ryggen av skinnsofaen. Til filmkveldene og for å holde seg for øynene hvis det skjedde noe skummelt.

Han tok av seg hanskene og tok på den for å se om den var ekte, og strøk den deretter mot kinnet. Den blomstrende duften av morens parfyme nådde ham og trøstet ham. En tåre rant nedover kinnet mens han tok på seg hanskene igjen, og så viklet han morens teppe rundt farens kofta. Han bar teppet som en hette og tok inn omgivelsene.

Over hodet hans, men nedover med sine skarpe pigger, var det stalaktitter av is i alle størrelser og fasonger. Hvis en av dem falt ned, ville de gjennombore hodeskallen hans og fortsette gjennom ham helt ned til tærne. Han skulle ønske han hadde en bygghatt -

BINGO

Og en gul hjelm dukket opp på hodet hans, og så en til og en til og en til. Han følte seg som Nysgjerrigper og smilte. Nå var han klar for hva som helst. Han lette etter en dør og beveget seg langs kubens vegger. Ikke noe håndtak var synlig. Hva slags fengsel hadde de sluppet ham inn i?

Endelig fant han en kant midt på høyre vegg. Han tok av seg en hanske og skrapte med neglen på overflaten av det han snart oppdaget var et vindu. Det han så, gjorde ham ikke mindre engstelig. Kuben hans var en av mange som strakte seg langs tunnelen så langt øyet kunne se. Ingen av de ansatte var synlige bak sine egne glassvinduer.

Han pustet på glasset og skrev ordet "HJELP!" baklengs i tilfelle noen skulle se det. Så visket han det raskt ut og husket hvem han var kommet for å treffe: Eriel.

E-Z beveget seg langs forsiden av kuben, til den andre siden, og igjen fant han en ramme som han var sikker på var et vindu. Han skrapte bort overflaten og fant snart den han lette etter: forræderen.

Den en gang så mektige erkeengelen så patetisk ut, som om noen hadde stukket ham med en nål og sluppet ut all luften. Kroppen hans var festet til veggen. Først trodde E-Z at han ble holdt på plass av tyngdekraften eller en usynlig kraft, men da han så nærmere etter, innså han at hele kroppen til Eriel var innkapslet i en tykk isblokk. Eriels kube var blitt formet etter kroppen hans, så isvann fylte alle kriker og kroker i kroppen hans, og i motsetning til E-Z hadde han ikke tilgang til tepper. KLANK. KLANK. KLANK. E-Z bøyde nakken mot venstre da han hørte lyden av skritt som ga gjenklang. Han kjente at tingen kom nærmere, men han kunne ikke se den. KLANK. KLANK. KLANK. E-Z ristet på hodet. Han måtte konsentrere seg, være i øyeblikket, men likevel fikk han nok en merkelig følelse av déjà vu.

Tankene fløy tilbake til drømmen han hadde hatt for en stund siden om en bursdagsfest med PJ og Arden. I den drømmen hadde det kommet en skikkelse med hette og laget en lignende lyd. Drømmen hadde handlet om å finne en forsvunnet baseballcap.

Da lyden ble øredøvende, fikk han et glimt av skikkelsen, som var en kriger, større enn livet med vinger på størrelse med to fullvoksne lønnetrær. I den ene hånden holdt erkeengelen et gyllent skjold og i den andre et sverd. E-Z skjermet øynene da lyset traff sverdskroget. KLANK. KLANK. KLANK.

Erkeengelen stoppet foran Eriel, som ikke løftet blikket for å møte nykommeren.

Før han stoppet, hadde E-Z ikke lagt merke til erkeengelens enorme vinger, som hadde vært i ro mens han hadde gått. Nå reiste krigeren seg opp, slik at hans og Eriels ansikter var i samme høyde.

"Du har besøk", sa han.

Eriel fortsatte å senke blikket.

"Øynene dine lurer ikke meg," sa krigeren. "Du har gjort skam på deg selv. Du har gjort skam på oss alle - og likevel angrer du ikke, og du angrer ikke. Snakk til meg. Fortell meg hvorfor jeg i det hele tatt skal tillate deg å få besøk."

Eriel fortsatte å se på gulvet mens han mumlet noe uhørlig.

"Snakk høyere!" krevde krigeren.

"Jeg angrer!" spydde Eriel. "Jeg angrer på at jeg ikke klarte å..."

"Stille!" krevde krigeren.

KLANK. KLANK. KLANK.

Nå sto krigeren på den andre siden av glasset, ansikt til ansikt med E-Z.

"Jeg er Michael", sa han.

"Øh, hei, jeg er E-Z." Han kjente igjen mannens stemme. Det var han som beordret Raphael og Ophaniel til å la ham snakke med Eriel.

"Reis deg," sa Michael.

"Jeg kan ikke gå," sa han.

"Det kan du hvis jeg sier det," avslørte Michael, "og jeg sier det. Reis deg, E-Z Dickens!"

E-Z følte seg som en av dem som forbereder seg på å bli helbredet i en gudstjeneste på TV. Motvillig løftet han seg opp av stolen. Beina vaklet litt, mer av frykt enn av vantro. Mikael var tross alt den mektigste erkeengelen. Sekunder senere sto E-Z oppreist inne i isveggen.

"Du ba om å få snakke med den greia, den falne greia der borte på veggen. Han vil ikke hjelpe deg, for han er gjennområtten. Og likevel BURDE han hjelpe deg. Han BURDE hjelpe oss alle sammen for å redde seg selv fra å bli en isskulptur - en permanent del av dette stedet."

Michaels stemme fikk E-Z til å føle seg sterkere og mer selvsikker for hvert ord han sa.

Eriel løftet blikket.

I et øyeblikk skimtet E-Z noe der. Var det nederlag? Var det anger?

Eriel lukket øynene da kroppen hans ble slapp i isfengselet som holdt ham fast.

"Jeg tror han besvimte," sa E-Z.

KLANK. KLANK. KLANK.

Michael kom tilbake for å ta en nærmere titt på isfengselet. En slange gled ut av støvelen hans og begynte å krype mot Eriels ansikt. Den krøp oppover, oppover, og den kløyvde tungen beveget seg frem og tilbake som om den var sulten på blod.

Michael sa: "Kroppen til vennen min smelter seg frem mot ansiktet ditt, Eriel. Skal du ikke åpne øynene og si hei?"

Eriel åpnet øynene, og da han så at slangen var på vei oppover kroppen hans, utstøtte han et skrik.

"GARUUUUUUUUUUUUUUMMMMMMMMM!"

Michael knipset med fingrene, og slangen sluttet å bevege seg. Med fingerneglen skrapte Michael på isen. Inni den vibrerte kroppen til Eriel. Som om han fikk støt.

"MMMMM, hhhhh, MMMMMMM!"

"Stopp!" E-Z ropte og holdt seg for ørene. "Vær så snill!"

Michael sluttet å skrike. Han løftet armen, og slangen snodde seg rundt og krøp tilbake til innsiden av støvelen hans.

"Denne gutten viser deg nåde, Eriel. Det er mer enn du fortjener."

Eriel fortsatte å stønne fortvilet.

Michael fortsatte og snudde seg mot E-Z: "Jeg gir dere fem minutter til å stille Eriel de spørsmålene dere måtte ha."

Så til Eriel: "Vi kan tvinge deg til å snakke med ham, men jeg ville foretrekke om du valgte å hjelpe ham av egen fri vilje. En gang i tiden valgte du å redde livet til denne unge gutten. Han betalte tilbake gjelden sin. Nå har du forrådt oss, og du må gjøre deg fortjent til vår tillit på nytt."

Michael løftet foten og sparket til iskonstruksjonen som Eriel var omsluttet av. Den ristet, men sprakk eller knuste ikke.

"Du gjør meg kvalm! Du forventer at denne menneskegutten skal rette opp feilene dine. At han skal rette opp feilene dine. Likevel vil han gi deg en sjanse til å svare på spørsmålene hans. Så hjelp ham. Dette er din eneste sjanse, din eneste mulighet til å bevise for oss at du fortsatt har noe i deg som er verdt å redde. En del av deg som ennå ikke har råtnet helt inn til margen."

Eriel løftet blikket: "Herre." Han senket dem igjen.

"Du kan bli tilgitt, men hvis du velger å ikke hjelpe ham, vil din manglende samarbeidsvilje bli behørig notert."

Eriels øyne forble fokusert på gulvet.

"Forstår du?" spurte Michael. Da Eriel ikke svarte, dundret Michaels stemme frem: "FORSTÅR DU?"

For E-Z virket det som om isen rundt ham ristet og skalv bare ved lyden av Michaels stemme, og han var nok en gang takknemlig for alle hjelmene som beskyttet skallen hans. Han håpet at de ville være nok, ellers ville han bli begravet på dette stedet sammen med Eriel og Michael for alltid og aldri få se onkel Sam eller vennene sine igjen.

Eriel nikket.

"Fem minutter", sa Michael.

KLANK. KLANK. KLANK.

Og så var han borte.

Han og Eriel var alene.

E-Z gikk nærmere Eriel og spurte: "Hvordan kan vi slå The Furies?"

Eriel åpnet munnen for å si noe, men sa ingenting. Han lukket øynene.

"Vær så snill", tryglet E-Z. "Vær så snill, hjelp oss."

KLANK. KLANK. KLANK.

Michael var allerede tilbake. Det kunne ikke ha gått fem minutter - ikke ennå. Han hadde ikke lært noe som helst av Eriel.

Eriel hvisket tre ord med sammenbitte tenner: "Bruk brillene til Raphael."

"Hva?" skrek E-Z og hamret nevene mot isveggen. "Hvordan?"

Før han visste ordet av det, sto han i kjøkkeninngangen igjen. Han hadde ikke lenger på seg foreldrenes klær, men han kjente fortsatt duften av farens barberskum og morens parfyme. Han omfavnet seg selv og lyttet mens Charles forklarte moralen i historien sin.

"Moralen i historien min", sa Charles, "er at alt er bedre når man har venner å dele det med."

"Åh", sa E-Z da Samantha annonserte at frokosten var servert.

"Still dere opp her. Ta en tallerken, serviett og bestikk. Bare forsyn dere", sa hun. "Det er et koldtbord."

Sobo sa "Sumogasubodo!" til Haruto, som skrek av glede.

"Jeg har laget sushi", sa Samantha. "Det var første gang for meg."

Sobo nikket: "Takk, men neste gang kan jeg hjelpe deg."

Samantha nikket: "Det hadde vært fantastisk."

E-Z flyttet stolen sin fremover.

Onkel Sam hvisket mens han gikk ved siden av ham: "Hvor ble det av deg? Jeg mener, du var der, og stolen din var der, men du var et annet sted også, ikke sant?"

"Ja, jeg skal forklare senere. Jeg trenger tid til å fordøye alt som har skjedd. Gi meg noen minutter. Og forresten, takk."

"For hva da?" spurte Sam.

"For frokosten, det var som i gamle dager. Det var gøy."

"La oss sørge for at vi gjør det igjen snart."

"Absolutt", sa han mens han gikk mot rommet sitt.

KAPITTEL 15

HJEM KJÆRE HJEM

N å SOM DE VAR helt alene, føltes det godt å vite at Eriel ikke lenger var en fysisk trussel mot dem. Han hadde blitt satt ut av spill takket være Michael, men først etter at han hadde forrådt alle.

Eriel hadde gått altfor langt, men hvorfor? Hvorfor ville han forråde sin egen art? Vel vitende om at Michael var mektigere enn ham. Det ga ingen mening.

POP.

POP.

"Velkommen hjem!" sa han.

Hadz og Reiki landet foran ham på sengen. "Takk, E-Z. Du er alltid så snill mot oss. Du er alltid så snill mot oss."

"Jeg er lei for at Eriel var så fæl mot deg. Det er bra at han er innelåst nå. Det er det han fortjener."

"Hva syntes du om dem?" spurte Hadz.

"Jeg er ikke sikker på hva du mener."

"Vi sendte kassen."

"Å, kanskje det ikke fungerte", sa Reiki.

"Var det dere?" E-Z fikk tårer i øynene.

"Jeg er glad for at den kom trygt frem," sa Hadz, mens smilene til de to wannabe-englene strakte seg over ansiktene deres på en slik måte at det virket som om resten av ansiktstrekkene deres ble redusert.

"Tusen takk skal dere ha. Jeg trodde alt som tilhørte foreldrene mine var blitt ødelagt i brannen." Han trakk pusten dypt og kjempet mot tårene. "Jeg skulle ønske jeg kunne ha tatt det med meg tilbake hit. Selv om det betydde mye å ha den bare for..."

ZAP.

"Du trengte bare å si ifra. De er jo tross alt dine", sa de.

Den sto der, ved enden av sengen hans. Foreldrenes kasse, eller det de kalte teppekassen. I den lå skattene han hadde gått gjennom som barn. Og nå var den hans. En konkret skattekiste fylt med minner om foreldrene.

"Men hvordan?" spurte han.

"Vi klarte å redde noen få ting ved å stikke inn og ut når huset brant", sa Hadz.

"Vi bestemte oss for å oppbevare dem trygt for deg til du var klar til å få dem tilbake. Vi håper timingen var riktig."

Som i en drøm beveget han seg mot kisten og åpnet lokket. En duft av farens moskusaktige etterbarberingsvann blandet med morens søte, krydrede parfyme møtte ham som en omfavnelse.

Han passet på at ikke alt skulle slippe ut på én gang, og lukket forsiktig lokket.

"Jeg kan ikke takke dere to nok. Jeg kommer aldri til å kunne takke dere. Jeg skal gå gjennom alt en annen gang. Igjen, tusen takk, begge to." Han strakte ut armene, og de to wannabe-englene fløy inn i dem.

"Han begynner å bli for sentimental", sa Hadz.

"Har noen sagt til deg at du trenger å klippe deg?" spurte Reiki.

E-Z fingerkjemmet håret og klappet ned den midterste delen, som på grunn av oppholdet i jordens iskalde indre sto opp som bust i en børste. "Bedre?"

"Litt", sa Hadz.

"Ok, jeg må konsentrere meg. De andre kommer snart hit for å få en oppdatering om Eriel-situasjonen. Jeg må fortelle dem om Michael. Tror du de blir imponert over at jeg har møtt ham?"

"Det spiller ingen rolle om de blir imponert", sa Hadz. "Det som betyr noe, er om Eriel fortalte deg noe av verdi."

"Ja, men jeg prøver fortsatt å finne ut hva han mente."

"Fortell oss det, så kan vi kanskje løse mysteriet!"

"Hva mente hvem?" spurte Alfred mens han stakk nebbet inn i rommet.

"Kom inn", sa E-Z.

Alfred vralte inn. Det var hårfellingssesong, og noen fjær flagret bak ham. "Hei, Hadz, hei, Reiki."

"Hei", svarte de.

"Det er en lang historie, men for å gå rett på sak ble jeg kalt tilbake til siloen der Raphael og Ophaniel informerte meg om situasjonen med Eriel. Han har jobbet på alle sider. Han later som om han er alliert med oss, erkeenglene og Furiene. Sviket hans ble oppdaget, og han ble tatt til fange og fengslet. Han er bevoktet av den øverste erkeengelen Mikael, som lot meg snakke med Eriel en kort stund."

"Og hva sa Eriel?" spurte Alfred.

"Jeg hadde bare tid til å stille ham ett spørsmål. Så jeg spurte ham hvordan vi kunne beseire The Furies. Det var derfor jeg kom hit, for å tenke over det han sa."

"Ah, så du ville være alene?" spurte Alfred. "Kom igjen, Hadz og Reiki, la oss gi E litt fred og ro." Han beveget seg mot døren, men de ble stående der de var.

"Et løst problem er et delt problem", sang de.

"Det er sant. Og det var moralen i Charles' historie."

"Greit, kom hit." Han tok en pause og sa: "Eriel sa at vi skulle bruke Rafaels briller."

"Jaså, er det alt?" sa Alfred. "Jeg skjønner at du er usikker på hva han mente. Det er veldig vagt."

"Jeg vet det. Og han sa ikke hvordan de skulle brukes."

Hadz lente seg frem og hvisket noe til Reiki.

POP.

POP

Og så var de borte.

"Kanskje du kan begynne fra begynnelsen. Fortell meg nøyaktig hva Eriel fortalte deg."

"Det har jeg allerede gjort. Han sa at jeg skulle bruke Rafaels briller. Det var alt. Michael hadde satt oss på en tidsklokke. Først trodde jeg at Eriel ikke ville si et ord. Han sa de tre ordene, og tiden løp ut. Før jeg visste ordet av det, var jeg tilbake her igjen."

Alfred gikk rundt og la merke til teppekassen ved enden av sengen. "Hva er dette da?"

"Den tilhørte foreldrene mine", sa E-Z og kjempet mot gråten. "Hadz og Reiki reddet det fra brannen. De fortalte meg nettopp at de reddet den for min skyld - til og med med livet som innsats."

"Det var så omtenksomt av dem", sa han med tårer i øynene. Har du vært gjennom den ennå?"

"Nei, men det skal jeg."

"Hvordan var Michael?"

"Han klirret mye når han gikk. Det minnet meg om drømmen jeg hadde om PJ, Arden og giljotinen."

"Å, jeg husker at du fortalte oss om den drømmen. Var han like skummel som bøddelen?"

"Michael var veldig sint, og det med rette. Eriel forrådte ham, alle erkeenglene og oss. Det jeg ikke skjønte, var hva som kunne være verdt en slik risiko."

"Makt - noen mennesker gjør hva som helst for å få den. Men det vi må finne ut av, er hvordan vi kan bruke Rafaels briller til å stoppe planen Eriel og The Furies har satt i gang."

E-Z fjernet dem fra ansiktet. Når han hadde dem på seg, pulserte ikke blodet og beveget seg rundt i innfatningen, slik det gjorde når Raphael hadde dem på seg. På ham var de akkurat som alle andre briller.

"Få brillene til å gjøre noe", foreslo Alfred.

"Brillene forsvinner", kommanderte E-Z.

Han slapp dem, og de landet på gulvet.

E-Z sukket. To hoder var definitivt ikke bedre enn ett i dette tilfellet. Han lo.

"Det var godt å se Hadz og Reiki tilbake. Er de her for å bli? Jeg mener, for å hjelpe oss?"

"Ja, men de har vært gjennom mye i det siste og lider kanskje av PTSD - det er posttraumatisk stresslidelse."

"Ja, jeg vet det. Hva har skjedd?"

"Det var Eriel som skjedde. Det høres ut som om han har skapt kaos og ødeleggelser på jorden og alle andre steder." E-Z tok en pause. "Hva om jeg brukte brillene til å skifte form?"

"Og gjøre hva?"

"Hvis jeg kunne skifte form, kunne jeg besøke Furiene som Eriel."

"Det ville bare fungere hvis de ikke var klar over at han var blitt tatt", sa Alfred.

"Ja, men hvis de ikke visste det, ville det ikke fungere. Tenk på skaden jeg kunne gjøre. Jeg kunne gå inn dit. De ville tro at jeg var på deres side. Og jeg kunne vende meg mot dem. BAM, jeg kunne slå dem rett ut av parken!"

POP.

POP.

"Det ville vært altfor farlig!" skrek Hadz.

"Alt for farlig!" Reiki sa det samme.

"Dessuten har vi en annen idé."

"Fortell oss", sa E-Z.

"De har gjenskapt Det hvite rommet, så vi dro tilbake dit for å se om det fantes noen bøker om Rafaels briller."

"Og? Fantes det en bok?"

"Nei", sa Hadz.

"Men vi fant dette," sa Reiki.

Det var et bittelite hefte, på størrelse med enden av pekefingeren til E-Z. Tittelen på ryggen lød: Rafaels første bok om Enok.

Hadz og Reiki bladde gjennom sidene, siden boken hadde den perfekte størrelsen til at de to kunne holde den sammen.

"Her står det", leste Hadz høyt, "at Rafaels oppgave var å helbrede jorden som de falne englene hadde besudlet."

"Husker du at Raphael sa at jeg bare kan påkalle henne når slutten er nær? Kanskje brillene også bare avslører kreftene sine for meg når det er behov for dem."

"Nettopp", sa Hadz og Reiki seg enige.

"Jeg tror vi trenger en idémyldring med de andre, men ideen din om å endre utseendet ditt til Eriels er god," sa Alfred. "Vi må bare finne ut hvordan vi kan støtte deg når du gjør det - for å holde deg trygg."

"Det er en dårlig idé", sa Hadz.

"En veldig dårlig idé!" sa Reiki.

"Hvordan det?" spurte Alfred.

"For det første vet du ikke hva Furiene vet."

"Eller ikke vet."

"For det andre kan det være en felle."

"En felle iscenesatt av Eriel og The Furies."

"For det tredje, og viktigst av alt,"

"Eriel er livredd for Michael."

I kor sa de: "Rafaels briller må inneholde nøkkelen til alt. Eriel søker tilgivelse og forløsning hos Mikael og de andre erkeenglene. Det er hans eneste håp. Du er hans eneste håp. Derfor tror vi at han fortalte deg sannheten."

"Men hva om Furiene ikke kjenner til Eriels situasjon? Så lenge de ikke vet noe, har vi en fordel her", sa Alfred.

"Jeg er enig," sa E-Z.

Lia stakk hodet inn i rommet, etterfulgt av resten av gjengen. "Hva skjer?" spurte hun.

"Kom inn, så skal jeg forklare. Og lukk døren etter deg."

"Høres tvilsomt ut", sa Lia. Hun la merke til Hadz og Reiki og vinket til dem. Så lukket hun døren bak dem og låste den.

KAPITTEL 16

HVA NÅ?

"SETT DERE NED OG finn dere til rette", sa han mens alle stablet seg opp på sengen hans. "Først, til de som ikke har møtt dem ennå - dette er Hadz, og dette er Reiki. De er venner og aspirerende engler. De er utnevnt til å hjelpe oss."

Haruto bukket, og Lachie sa: "God dag!" Charles og Brandy håndhilste på dem.

Etter at alle var formelt presentert, satte teamet seg langs sengekanten. E-Z syntes de så ut som passasjerer som ventet på bussen.

"Vi er alle her for å bekjempe The Furies. Men det er en del aktuell informasjon vi må ta hensyn til. Før vi går videre."

"Hva mener du?" spurte Lia. "Mener du at vi kanskje skal trekke oss?"

E-Z kremtet.

"Det er best om dere lar meg fortelle alt, så kan dere stille spørsmål. Jeg burde nok ha innledet med det. Men jeg holder fortsatt på å bearbeide alt selv."

Han nølte. "Det jeg mener, er at dere må gi meg litt albuerom, for det er en vanskelig situasjon, og enda vanskeligere å forklare."

Alle nikket, så han fortsatte.

"Eriel er tatt i forvaring av erkeenglene. Han har forrådt dem, og han har forrådt oss. Han er ikke lenger en trussel mot oss, men han har satt oppdraget vårt i fare. Problemet er at vi ikke vet hvor mye. Men vi vet mer om intensjonene hans - å få kontroll over jorden med alle midler. Å gå opp mot erkeenglene for å gjøre det, det var å ta en viss risiko - selv når han hadde The Furies på sin side."

Et hørbart gisp fra alle fikk ham til å stoppe opp et øyeblikk eller to før han fortsatte.

"Erkeenglene har vendt ham ryggen. Jeg møtte Michael, som leder erkeenglene, og han avskydde Eriel. Og Eriel var livredd for ham."

Flere gisper.

"Plan A var å fange The Furies i spillmiljøet. Eriel var klar over denne planen. Han oppmuntret oss faktisk til å gå videre med den. Så vi må gå videre til plan B. Det faktum at han kjente til plan A, er nok til at vi må forkaste den."

Flere gisp og et "Å nei!".

"Så, plan B. Jeg vet at du tenker det åpenbare: Vi har ingen plan B. Vel, det hadde vi ikke. Men det har vi nå. Blir dere sjokkerte over å høre at vår plan B kommer fra munnen til forræderen vår?"

Alle nikket.

"Som jeg sa tidligere, møtte jeg Michael. Det var han som foreslo for Eriel at han kunne få overbærenhet hvis, og bare hvis, han hjalp oss.

"Michael ga oss bare fem minutter sammen. Og i mesteparten av den tiden sa Eriel ingenting. Så, akkurat da tiden var i ferd med å gå ut, sa han tre ord: "Bruk brillene til Raphael" - det var alt. Litt senere kom jeg på at Raphael hadde sagt at Charles kunne være vårt hemmelige våpen, så med brillene hadde vi kanskje to våpen de ikke visste om."

Charles gispet.

E-Z anerkjente Charles med et nikk.

"Men før vi snevrer det inn og gjør litt brainstorming, må vi se på det store bildet og avgjøre om dette er vår kamp. Om dette er noe vi fortsatt ønsker å være involvert i som et team.

"Takket være Eriel er jeg i live i dag. Han reddet meg og sa at jeg sto i gjeld til ham og de andre erkeenglene. For å betale tilbake denne gjelden fullførte jeg flere prøvelser. Alfred og Lia ble med, og sammen dannet vi De tre. Og så skilte vi lag etter deres ønske.

"Vi opprettet vår egen superheltside og hjalp folk. Helt til erkeenglene ba oss om hjelp til å bekjempe sjelefangerpiratene. Etter hvert fant vi ut hvem de var: Furiene, mektige og onde greske gudinner som hadde vendt tilbake.

"Hadz og Reiki tok meg med på rekognosering for å vise meg hovedkvarteret deres i Death Valley. Der så jeg med egne øyne lageret av beholdere fylt med barnesjeler. Senere ble PJ og Arden tatt fra oss. Tilstanden deres har ikke endret seg. Og takket være Raphael så vi med egne øyne de fæle gudinnene i arbeid.

"Furiene er verdige motstandere. Hvis vi kjemper mot dem, kan vi dø. Dette er selvsagt ikke ny informasjon, men er det verdt å risikere livet for nå som Eriel har forrådt oss?

"Alt tatt i betraktning, og spesielt at vi har to hemmelige våpen på vår side. Riktignok våpen som vi ikke vet hvordan vi kan bruke. Kanskje er vi i en god posisjon til å vinne denne kampen. Hvis vi holder sammen og støtter hverandre. Hvis vi fortsatt er villige til å sette livet på spill for det felles beste. For jordens beste, for å redde jorden. Hva sier dere?"

Før han visste ordet av det, hoppet alle - bortsett fra Alfred - rundt på sengen og sa: "En for alle og alle for en!"

E-Z rakk opp hånden. "

"Alle som er for å bekjempe The Furies, sier ja."

Avgjørelsen var enstemmig.

Sobo banket på døren og spurte: "Kanskje jeg også kan hjelpe."

KAPITTEL 17

SPØR CHARLES DICKENS

BRANDY FNØS HØRBART, NOE som fikk alle i rommet til å se i hennes retning. Nå som hun hadde alles oppmerksomhet, spurte hun: "Og hvordan skal du, en pensjonist, hjelpe superheltungene våre med å slå de tre mektige, onde gudinnene?"

Det gikk et gisp gjennom rommet, og Haruto beveget seg raskt bort til sin Sobo. Han grep hånden hennes og holdt den mot hjertet.

Sobo, som ikke lot seg affisere av Brandys uvitenhet, hvisket beroligende ord på japansk til barnebarnet sitt.

"Be om unnskyldning", krevde E-Z.

"Det går bra", sa Sobo. "Hun har rett, jeg er kanskje ikke en superhelt som dere, men alle i dette livet har noe å gi."

"Beklager, Sobo," sa Brandy. Hun stoppet ikke der. "Det jeg mente var..."

"Hold kjeft!" utbrøt Lia. "Kom inn, Sobo."

"Vi trenger all den hjelpen vi kan få", sa E-Z.

Charles reiste seg og tilbød plassen sin til Sobo og Haruto.

"Takk," sa Sobo, og hun og barnebarnet satte seg ved siden av hverandre uten å snakke sammen en liten stund.

"Føler du deg bra nok?" spurte Haruto.

"Ja, lille venn", sa Sobo. "Jeg har også en superkraft. Den superkraften heter forvandling. Jeg har levd mange liv og spilt mange roller ... for hvert liv lærer jeg noe nytt. Jeg er åpen for å lære, det er det livet handler om. Jeg tilbyr livet mitt; jeg vil gjøre hva som helst for å redde dere. Dere alle sammen."

"Til og med meg?" spurte Brandy.

Sobo lo. "Spesielt deg, mitt barn."

Brandy krysset rommet og la armene rundt halsen på Sobo. "Takk skal du ha. Men hvorfor akkurat meg?"

Haruto reiste seg og utbrøt med hendene i hoftene: "Fordi du er en gærning!"

Alle lo, også Brandy.

"Fordi du er uredd", sa Sobo. Ja, fryktløshet er en sterk følelse, men du må lære deg tålmodighet. Du trenger begge deler for å overleve i denne verden. Med begge deler blir du en enda sterkere kraft å regne med. Livet handler om å forandre seg, fra innsiden til utsiden, fra utsiden til innsiden. Lær. Vokse. Vi må være som trærne, forandre oss med årstidene, bøye oss med vinden."

"Så vakkert", sa Charles.

"Men verden er full av både godt og ondt", sa Sobo. "Det må være slik. Det ene må eksistere for at det andre skal kunne eksistere. Og vi, du og jeg og alle her, vi må bare kjempe på det godes side. I denne verdenen kan det bare være én vinner. Den vinneren må være til det beste for hele menneskeheten."

Sobo sluttet å snakke. Mens hun fikk igjen pusten, satt de andre stille og ventet på at hun skulle fortsette.

"Grunnen til at jeg er her," fortsatte Sobo, "er for å overbringe en hilsen fra Rosalie."

"Du og Rosalie, Sobo, men hvordan da?" spurte Lia.

"Rosalie kom til meg i en drøm. Hvordan visste jeg at det var henne? Fordi hun fortalte meg det. Drømmer er mektige forenere. Ånder krysser verdener og blander seg med oss for å være sammen med oss, eller for å fortelle oss ting vi ikke vet, som advarsler og forvarsler. Rosalie ville hjelpe oss med å utkjempe kampen, kjempe og vinne."

"Ja," sa E-Z. "Jeg drømmer ofte om foreldrene mine. Noen ganger avslører de ting for meg, eller forteller meg ting som de ikke kunne vite om. Med mindre de delte livet mitt med meg."

"Ja, kjærlighet er en mektig følelse som ikke har noen grenser. De du elsker, vil søke deg, finne deg, hjelpe deg, selv i de mørkeste tider."

"Er hun", spurte Lia, "lykkelig?"

Sobo smilte. "Lykke er ikke alt. La meg bare fortelle deg at hun er seg selv. Det er alt du egentlig trenger å vite. Og som seg selv, som et fartøy som kjemper på de godes side, tror hun også på deg, Mr. Charles Dickens. Du er vår kraft."

"Jeg?" spurte Charles.

"Ja, Charles. Ta oss med til biblioteket. Biblioteket i skyene."

"Jeg har aldri hørt om det. Jeg kan ikke ta dere med dit. Hun må ha forvekslet meg med en av de andre."

"Hvilket bibliotek?" spurte Brandy.

"Og hvorfor er det i skyene?" spurte Lia.

"Jeg har vært der," sa Sobo. "Det er veldig gammelt, og det er beskyttet ... bare de som vet det, vet det."

"Jeg er ikke en av dem," sa Charles.

"Du trenger bare litt hjelp," sa Sobo. "Gi ham brillene til Raphael, så vet han alt."

"Vent litt," sa E-Z. "Hvordan kom du dit?"

"Tror du meg ikke?" Sobo smilte. "Rosalie tok meg med dit i en drøm ... hun er en ånd ... og hun førte meg dit som en drømmevandrer."

"Er du sikker på at det ikke var et minne hun delte om Det hvite rommet?"

"Definitivt ikke. Hvordan kan jeg vite det?" spurte Sobo. "Fordi Rosalie fortalte meg at hun aldri ville vende tilbake til stedet der hun ble myrdet av de ondskapsfulle søstrene."

"Det høres fornuftig ut, men likevel er det noe Raphael sa om at han aldri skulle gi fra seg brillene - til noen - som gjør meg bekymret for å gå imot hennes ønske."

"Hva om Rosalie ikke er en av dem som vet om det?" spurte Sobo. "Er det meningen at vi skal gå glipp av denne muligheten til å øke sjansene våre for å beseire The Furies ved å avvise den siste informasjonen fra Rosalie, en betrodd venn og fortrolig?"

"Fortell meg først," sa E-Z, "hvordan var det?"

Sobo lukket øynene. "Forestill deg en tid da du bare skrudde på varmtvannet i dusjen eller badekaret, uten vifte eller åpent vindu. Du forlot rommet for å hente noe og lukket døren. Da du åpnet den senere, var rommet fylt med damp, og da du kom inn, kunne du ikke se noe - til å begynne med. Men øynene dine tilvennet seg, og så kunne du se alt. Det var det samme for meg da jeg først gikk inn i Skybiblioteket."

Hun åpnet øynene. "Forestill deg det indre av skyen der det fantes bøker. Hver eneste bok som er skrevet og utgitt, ligger der foran deg. Tilgjengelig for å lese, for å ta, for å lære. Det var slik det var i Skybiblioteket. Og det er meningen at vi alle skal dra dit og se det selv, nå. I dag."

"Det høres magisk ut", sa Charles. "Jeg har lyst til å dra dit. Jeg vil ta dere alle med dit."

"Det høres for godt ut til å være sant", sa Brandy.

Sobo smilte.

E-Z nølte før han tok av seg brillene og ga dem til Charles.

"E-Z," sa Sobo, "Rosalie fortalte meg at unntaket fra Raphaels regel var Charles. Husker du det? Og det var hun som avslørte at Charles var det hemmelige våpenet vårt."

E-Z nikket og ga brillene til Charles.

Uten å nøle tok Charles dem på seg. Idet han stakk dem inn bak ørene, pulserte fargene på innfatningen i alle mulige farger. Alle farger unntatt rød. Da brillene ble gressgrønne, vred Charles' nakke seg til venstre, høyre, venstre, høyre, venstre. Han rettet seg opp og stirret fremover.

"Jeg er klar", sa han. "Hold hverandre i hendene, så holder vi sammen, og så tar jeg dere med dit."

"Vent på oss!" ropte Hadz og Reiki, mens de hoppet opp på E'Z' skuldre og holdt seg fast for harde livet. Noen øyeblikk senere hadde ingen gått noe sted.

KAPITTEL 18

HVA GIKK GALT?

"JEG SKJØNNER DET IKKE", sier Charles. "Jeg kunne se det for meg. Kanskje jeg trenger instruksjoner eller noen magiske ord. Fortalte Rosalie deg noe spesielt jeg måtte gjøre, bortsett fra å sette brillene på Sobo?" spurte Charles.

Sobo ristet på hodet. "Prøv noe annet."

"Ta oss med til Skyrommet!" krevde han.

Denne gangen svaiet hele gruppen, som om noen hadde åpnet et vindu.

"Lukk øynene," sa Charles. "Er alle klare?" Alle nikket. Han lukket øynene mens gruppen av superhelter pluss Sobo ble fragmentert.

"Noe føles annerledes", sa Lachie da han åpnet øynene. "Jeg føler meg annerledes."

E-Z følte seg også rar da han åpnet øynene. Hadz og Reiki snorket nå. Det virket som et merkelig tidspunkt for dem å ta seg en lur på. Og hva annet var annerledes? Brillene til Raphael var fargeløse. Hvorfor det? Det hadde aldri skjedd før. Og hva mer? Alfred - hvor pokker var Alfred?

"Alfred? Hvor er du?"

Lia brast ut i gråt.

"Hvorfor gråter du?" spurte E-Z.

"Fordi jeg ikke kan se noe, ikke med hendene. Ikke nå lenger."

"Charles. Brillene", sa Brandy.

"Hva med...?" Han tok dem av.

De holdt seg for ørene mens Sobo kastet hodet bakover og hylte som en banshee, helt til den myke orkestermusikken overdøvet skrikene hennes, og alle sovnet.

✱✱✱

N å SOM TVILLINGENE SOV, lurte Samantha og Sam på hvordan det gikk med møtet på E-Z room. Da de kom dit, var døren låst, og ingen åpnet da de banket på.

"Det var merkelig", sa Sam. "E-Z låser aldri døren.

"Hent nøkkelen", sa Samantha.

Sam hadde en dårlig følelse da han satte nøkkelen i låsen.

Sam og Samantha så på Sobo, Brandy, Lia, Lachie, Haruto, Charles og E-Z som utstillingsdukker i et butikkvindu.

"De puster knapt nok", sa Sam.

"Og hvor er Alfred?"

"Og hvorfor har Charles Raphaels briller på seg?"

"Jeg er redd", sa Samantha og tok sin manns hånd.

"Jeg tror ikke vi bør forstyrre noe her," sa Sam. "Jeg har en følelse av at det foregår noe vi ikke vet om."

"Det er nifst."

"Hva er det?" spurte Sam og la merke til esken ved enden av E-Zs seng. "Jeg kan ikke tro det! Det er ikke mulig." Han bøyde seg ned og løftet opp lokket på kisten han hadde sett mange ganger på brorens rom. En kiste som han trodde var blitt ødelagt i brannen. I likhet med det som hadde skjedd med E-Z, kom minnene som duftene inne i kisten skapte, og han ble overveldet av følelser.

"La oss komme oss ut herfra," sa Samantha. "Du kan fortelle meg mer om kisten utenfor."

"La oss gi det litt tid. De våkner snart og..."

"Jeg tror ikke vi har noe annet valg," sa Samantha mens de lukket døren bak seg.

KAPITTEL 19

CLOUD-ROM

CHARLES STO ET ØYEBLIKK og betraktet omgivelsene. Hadde han tatt dem med til feil sted? Han og de andre (som alle sov) befant seg høyt oppe på himmelen, uten en eneste sky i sikte. De hadde landet midt på en plattform av glass. Hvordan den ble holdt oppe, ante han ikke. Han la merke til at rullestolen til E-Z rullet fremover, så han skyndte seg bort og vekket ham.

"Hvor er vi?" spurte han og vekket Hadz og Reiki, som fortsatt lå og sov på skuldrene hans.

"Våkn opp! Våkn opp!" kommanderte Charles.

En etter en åpnet de øynene, og da de innså hvor høyt oppe de var, klamret de seg til hverandre og prøvde å holde seg i ro. De prøvde å ikke se ned gjennom glassruten som hindret dem i å styrte i bakken.

"Skulle ønske denne greia hadde et rekkverk!" utbrøt Lia. Hun kunne se alt nå, men en del av henne ønsket at hun ikke kunne det.

"Jeg skjønner ikke hva som holder den oppe", sa Charles.

"Jeg har aldri vært noen stor fan av høyder", sa Brandy og grep den nærmeste hånden som tilhørte Charles.

"Åh", sa han og kjente hvor kald hånden hennes var.

"Jeg flyr bort dit og tar en titt," sa E-Z, og så fløy han av gårde og beveget seg rundt plattformen, som så ut som om den var vokst ut av løse luften uten noe som helst som holdt den oppe og uten noe anker som holdt den på plass.

Haruto holdt seg fast i bestemors hånd. Hun våknet saktere enn de andre. Da hun virket helt våken, var "Å nei" alt hun sa. Om og om igjen.

"Dette er vel ikke Skyrommet Rosalie tok deg med til?" spurte Charles.

Sobo tok ett skritt, to skritt, mens barna klamret seg til henne. Hun lukket øynene, klemte dem hardt sammen og åpnet dem igjen.

"Hva er det du gjør?" spurte Brandy.

"Jeg leter etter bøkene", sa Sobo. "Hvis dette er stedet, bør det være bøker her. Mange bøker. Jeg kan ikke se noen. Ikke en eneste."

E-Z, som fortsatt undersøkte plattformens struktur, spurte: "Føles det som om vi er på rett sted? Kan bøkene være skjult? Kan noen se dem?"

Alle ristet på hodet, til og med Hadz og Reiki, som til nå ikke hadde sagt et eneste ord seg imellom.

"Jeg har en dårlig, dårlig følelse om dette stedet," sang Hadz og Reiki i kor.

Charles nølte før han sa noe. "Jeg så et bibliotek for meg da jeg tok på meg brillene, og det var slik Sobo beskrev det for oss. Det var ingen glassplattform. Dette stedet er ikke slik jeg så for meg. Først trodde jeg at brillene hadde gjort en feil, men nå tror jeg at Hadz og Reiki har en dårlig følelse, og det har Sobo også." Sobo nikket, og han la merke til at hun skalv. "Jeg tror vi må komme oss vekk herfra - og det fort."

E-Z la merke til at Alfred var borte. "Er det noen som vet hva som har skjedd med Alfred? Vi var alle knyttet sammen ved berøring da vi kom hit. Hvordan kan han ha blitt knyttet til oss?" Nå la han merke til at Hadz og Reiki virket helt borte. Nesten som om de hadde blitt dopet ned, for øynene deres lå bakover i hodet, og de hadde problemer med å holde seg våkne.

"Svaner har ikke fingre å ta på", sang de to wannabe-englene i kor. De brøt ut i latter og snurret rundt i sirkler helt til de ble for svimle til å holde seg flytende og falt ned på glassgulvet med et SPLAT.

"Ok, Charles, det er nok bevis for meg. Kjør oss hjem igjen - nå."

Charles, som hadde tatt av Raphael brillene og nå satte dem på igjen i den hensikt å følge E-Zs ordre, utbrøt: "Å, der er de!"

"Kan du se bøkene nå?" spurte Sobo.

"Det kunne jeg ikke da vi kom hit, men nå kan jeg det. Hva skal jeg gjøre nå?"

"Det gir ingen mening," sa Sobo, "hvorfor skulle de være forkledd for deg og så bli avslørt? Rosalie nevnte ikke disse tingene."

"Jeg tror luften her oppe påvirker hjernene våre," sa E-Z. "Jeg begynner å føle meg svimmel. Det er best vi kommer oss ut herfra med en gang, ellers ender vi opp med ansiktet ned på perrongen, akkurat som Hadz og Reiki."

Charles strakte ut hånden, og det fløy en bok inn i den som han stappet ned i skjorten. "Ta oss tilbake!" ropte han. Som første gang de prøvde, skjedde det ingenting.

"Kanskje vi må holde hverandre i hendene", sa Sobo. "Og lukke øynene igjen."

De gjorde begge deler, og straks begynte enorme vindkast å blåse dem rundt på plattformen. De klamret seg til hverandre, som et fotballag før en stor kamp. De presset føttene opp på plattformen i håp om at de ikke skulle fly bort.

E-Z vred hjernen sin og prøvde å finne en vei ut. Var den eneste utveien å bruke den eneste muligheten til å tilkalle Rafael for å komme til unnsetning? Han så bort på Charles, som så ut til å forsvinne inn og ut. "Charles!" ropte han, og så så han over skulderen at Baby, Lille Dorrit og Alfred kom mot dem i full fart.

Alfred skrek: "Vi må få dere ut herfra - nå. Dette stedet er som et fyrtårn som lyser deg opp slik at hele verden kan se deg, inkludert The Furies!"

Sobo hulket: "Jeg visste ikke at de brukte Rosalie som felle."

"Charles så bøkene, og han fikk til og med en. La oss komme oss i sikkerhet. Ingen kan klandres. Dere hadde bare gode hensikter", sa E-Z.

"Takk", sa Sobo, mens hun begynte å forsvinne inn og ut, akkurat som Charles hadde gjort. Brandy tok hånden hennes og holdt den fast til Sobo ikke lenger bleknet.

Alfred sa: "Kom igjen!"

Lachie hoppet opp på ryggen til Baby og trakk den skjelvende Charles med seg, og så fløy de av gårde. Inne i skjorten hans utvidet boken han holdt der seg, og to av skjorteknappene fløy av. Han holdt boken fast med den ene armen og Lachie med den andre mens Baby økte farten.

Lille Dorrit bøyde seg ned uten å berøre plattformen, slik at resten kunne komme om bord, mens E-Z tok tak i Hadz og Reiki. De fløy av gårde, Alfred og E-Z fløy side om side, mens himmelen skiftet fra blå til svart, svart til blå, til svart, og stjernene kom frem, men det var ikke stjerner. Det var øyeepler. Øyeepler som avfyrte bumerker, som de han hadde møtt i Death Valley da han først møtte The Furies.

SPLAT. SPLAT. SPLAT.

SPLAT. SPLAT. SPLAT. SPLAT.

SPLAT. SPLAT. SPLAT. SPLAT. SPL-

Charles skrek av full hals: "HJEM!" Og denne gangen virket det. De var hjemme igjen. I sikkerhet.

Haruto slo armene rundt bestemoren.

"Jeg er så glad for å være hjemme igjen", sa de til hverandre.

Noen øyeblikk senere kom Sam og Samantha.

✳✳✳

"VI så at kroppene deres sov på rommet deres. Vi visste ikke hva vi skulle gjøre", sa Sam.

"Det er en lang historie", sa E-Z.

Sobo spurte Charles: "Klarte du å få tak i boken?"

"Ja visst", sa Charles og holdt den opp. Det var en stor, innbundet bok med tykk rygg som kunne ses og leses av alle - "Great Expectations" av Charles Dickens.

Store forventninger av Charles Dickens.

"Har du tatt med deg en av dine egne bøker?", utbrøt Brandy. utbrøt Brandy.

Lachie hånflirte.

"I..." sa Charles. "Du ba meg velge hvilken som helst bok, og det var denne jeg tok på måfå."

"Det er en grunn til at alt skjer", sa Lia.

"Men dette er virkelig å strekke det langt", utbrøt Brandy.

"Ro dere ned, alle sammen", sa E-Z. "Charles gjorde sitt beste under omstendighetene - og HAN kunne i det minste se bøkene. Det kunne ingen av oss."

"Great Expectations", sa Alfred, "er en grrr-eat-bok!" Han hørtes ut som den britiske versjonen av Tony the Tiger i frokostblandingsreklamene.

"Han har rett", var Sam og Samantha enige om. "Det er en av de beste romanene som noensinne er skrevet."

Charles tok av Raphael brillene og ga dem tilbake til E-Z, som straks satte dem på seg. Han ristet på hodet, men tittelen på boken Charles fremdeles holdt i hånden, var en annen. Han leste den nye tittelen høyt,

"Drømmenes åker av W. P. Kinsella."

"La meg prøve," sa Lia og strakte seg etter Rafaels briller.

"Vent!" ropte E-Z da Lia fjernet dem fra ansiktet hans. "Ikke ta dem på deg. Husk at Raphael sa at bare jeg skulle ha dem på, men jeg gjorde et unntak for Charles på grunn av Sobos drøm, men jeg synes ikke vi skal sende dem rundt. Dessuten vet vi allerede svaret på spørsmålet vi alle stiller oss. Det er en bok som blir den tittelen leseren ønsker å se."

"Eller trenger å se", sa Sobo.

"Men jeg hadde verken lyst til eller behov for å se Store forventninger. Jeg har aldri hørt om den engang!"

"Men tenk", sa Sam, "hva slags bibliotek det kan bli i fremtiden. Alt vi trenger å gjøre, er å finne på tittelen på en bok, og vips, så har vi den i hendene."

"Men det ville jo ikke være så bra for forfatterne, hvordan skulle de få betalt?", spurte Samantha. spurte Samantha.

"Jeg vet ikke hvordan det ville fungere, og kanskje vi går glipp av noe stort her", sa Alfred.

"Stort, som hva da?" spurte E-Z.

"Tenk om det var boken som valgte leseren i stedet for omvendt?"

"Doo-doo-doo-doo-doo," sang Brandy, som var musikken fra The Twilight Zone.

"La oss oppsummere. Sobo hadde en drøm der Rosalie viste henne Skybiblioteket, og med Rafaels briller kunne Charles ta oss med dit. Det gjorde han, men stedet var ikke som forventet. Det var bare Charles som kunne se bøkene, han tok en av dem, og på veien tilbake ble vi angrepet av snørrskytende øyeepler som lignet på dem som angrep Hadz Reiki og meg i Death Valley." "Det er alt i et nøtteskall," sa Brandy.

"Det jeg lurer på, er om Eriel fortalte The Furies at Raphael ga E-Z brillene hennes," spurte Lachie.

"Det er noe vi kanskje aldri får vite," sa E-Z, "for Michael ga bare Eriel én sjanse til å snakke med meg." Han gikk bort til vinduet og så ut. "Jeg lurer på", sa han.

"Lurer på hva?" utbrøt alle.

"Om Furiene vet om brillene og kreftene deres. Hvis de lurte oss gjennom Rosalie til å besøke Skybiblioteket, må de også vite om Charles. Det betyr at han ikke lenger er et hemmelig våpen. Hvordan kunne de ha visst det? Og øyesnørrene - det er for mye av en tilfeldighet."

"Eriel ba deg om å bruke brillene", sa Alfred.

"Jeg så ham, hvordan han ble holdt tilbake, og det var umulig, umulig at han kunne ha sendt en melding til The Furies ... ikke når Michael overvåket alt han gjorde." E-Z rullet tilbake til de andre. "Forresten, Alfred, hvordan kom du bort fra oss?"

"Jeg var fortapt i en svart sky, helt til jeg ropte på Lille Dorrit og Baby for å få hjelp, og resten vet du."

"Det var så merkelig", sa Charles. "Det ene øyeblikket kunne jeg ikke se bøkene, så tok jeg av meg brillene og satte dem på igjen, og så var de overalt. Likevel var jeg den eneste som kunne se dem."

"Jeg kunne se dem", sa Baby. "Denne fløy mot meg", sa han og kastet den til Charles, som grep den med to fingre.

Det var en miniatyrbok med en liten tittel på ryggen som alle leste høyt:

"Alt du noensinne har villet vite om furiene, men ikke har turt å spørre om, av Anonym."

"Fulltreffer!" utbrøt Brandy.

De samlet seg rundt den lille boken, mens Charles forsiktig åpnet den. Forsiden var tom, og det samme var første side. Han bladde om til neste side, og der sto det ord, som umiddelbart begynte å bevege seg rundt. Ordene fløt rundt på siden, blandet og blandet på nytt, som om de hadde glemt hvilke ord og hvilket språk de var ment å representere.

E-Z, som fremdeles hadde på seg Rafaels briller, ble svimmel da ordene flyttet rundt, og han tok dem av seg.

"Prøv du," sa han til Charles og ga ham brillene.

Charles tok dem på seg, tok dem raskt av igjen og løp bort til vinduet for å få litt frisk luft. Han ga dem tilbake til E-Z.

"Nå er det din tur," sa han til Sobo, som i likhet med Haruto nektet å prøve brillene."

"Jeg skal prøve," sa Lia, men hun ble snart med Charles til vinduet.

"Lachie?" spurte E-Z.

"Klart det", sa han og tok på seg brillene, men tok dem straks av igjen. "Det går ikke", sa han og la seg ned på sengen.

"La meg prøve!" sa Brandy mens E-Z ga henne brillene i hånden og satte dem på ansiktet. "Vent litt," sa hun, "jeg tror jeg ser noe, det er..." og hun spydde ut en grønn substans som heldigvis traff veggen i stedet for en person.

"Bli med oss", sa Sam og Samantha til Brandy, "vi skal hjelpe deg med å vaske deg."

"Takk", sa E-Z, snudde stolen mot Alfred og plasserte brillene på nebbet.

"En svane med briller. Latterlig!" sa Alfred.

"Du ser veldig flittig ut!" sa Charles.

"Du ser ut som professor Ludwig von Drake!" utbrøt Brandy.

Sam sa: "Han var læreren til Donald Duck."

"Å," sa de som var for unge til å ha hørt om Donald Duck.

"Jøss", sa Alfred da ordene sluttet å virvle rundt og ble slik forfatteren hadde skrevet dem. Han leste de to første sidene, så den neste, den neste og den neste. Han fløy gjennom hele boken med samme letthet som en hurtigleser, og da han var ferdig, smalt boken igjen.

POFF

Og så var den borte.

"Vel, det var interessant", sa Alfred, ga brillene tilbake til E-Z og hindret seg selv i å falle om.

"Mener du at du leste hele boken?" sa Sam. "De brillene er utrolige."

"Jeg husker alt, men jeg må bearbeide informasjonen og hvile. Jeg har ikke lyst til å sitte her og lese det opp i sin helhet. Det er bedre at jeg sorterer det jeg har lært, så kan vi snakke om det etterpå."

"Hva om", spurte Brandy, "du har gått glipp av noe som en av oss ikke ville ha gått glipp av? Ikke ta det personlig."

Alfred lo. "Selv om jeg har svaneform nå, betyr ikke det at jeg ikke har lest mange, mange bøker i løpet av livet. Faktisk gikk jeg på Oxford University da jeg var ung og tok eksamen med utmerkelse. Jeg har studert litteratur og kunst."

E-Z sa: "Du valgte ikke boken - boken valgte deg. Ingen av oss kunne lese et eneste ord i den."

"Takk for at du tror på meg."

Lia sa: "Hvor mye tid vil du bruke på å gruble? Kan vi gå og se den filmen?"

Samantha sa: "Jeg må lage mer popkorn. Vi har allerede spist opp den andre skålen."

"Stressspising", sa Sam og smilte.

"Takk", sa Alfred. "Jeg kommer tilbake så snart jeg kan."

"Ta den tiden du trenger", sa E-Z. "Kom inn til oss når du er klar."

Gjengen gikk inn i stuen og gjorde klar filmen. Samantha lagde mer popcorn i mikrobølgeovnen. Alle samlet seg for å se filmen.

Alfred sov en stund på sin vanlige plass, men han drømte drømmer, for det meste mareritt, og etter hvert tok han seg ut i hagen for å få litt frisk luft. Alle var avhengige av ham, og presset tynget ham mens innholdet i miniatyrboken virvlet rundt i hodet hans.

KAPITTEL 20

MELDING FRA FRANKRIKE

E-Z SÅ FØRSTE HALVDEL av filmen sammen med de andre, og da han følte seg rastløs, bestemte han seg for å jobbe litt. Han stakk hodet inn på rommet sitt og forventet å finne Alfred sovende, men han var ikke å se. Bekymret gikk han til bakdøren og så svanen ligge og sove på en hagestol. Han lukket døren og gikk tilbake til rommet sitt, åpnet den bærbare datamaskinen og logget seg inn.

Han gikk frem og tilbake i tankene et par ganger og bestemte seg for om han skulle konsentrere seg om å skrive romanen sin, eller om han skulle bruke tiden på å gjøre mer research om fienden Furiene. Lyden av en melding som tikket inn i innboksen, avgjorde saken for ham. Den hadde en rød hake som indikerte at det hastet, og selv om den ikke inneholdt vedlegg, klikket han ikke på den. I stedet leste han den i forhåndsvisningen. Eller forsøkte å lese den. Meldingen var skrevet på et helt annet språk. Han oppdaget et par ord han kjente igjen som franske, så han kopierte teksten, gikk inn på en søkemotor og limte inn følgende melding i en nettbasert oversetter:

Cher E-Z Dickens,

Je m'appelle François Dubois et j'ai sept ans. J'habite à Paris, en France, et j'aimerais faire partie de votre équipe de Superhéros. Vous vous demandez peut-être quelles compétences j'apporterais à l'équipe. C'est une bonne question et je serai heureux d'y répondre. Mais je me demande si ce site est sécurisé.

Si vous souhaitez me parler davantage, vous pouvez m'envoyer un courriel directement. Mon adresse de courriel est jointe. J'ai hâte d'avoir de vos nouvelles.

Votre ami,

Francois

Han trykket på send, og følgende oversettelse kom gjennom:

Kjære E-Z Dickens,

Jeg heter Francois Dubois og er syv år gammel. Jeg bor i Paris i Frankrike, og jeg vil gjerne være med på superheltlaget ditt. Du lurer kanskje på hvilke ferdigheter jeg kan bidra med. Det er et godt spørsmål, og jeg svarer gjerne på det. Men jeg lurer på om dette nettstedet er sikkert?

Hvis du vil snakke mer med meg, kan du sende meg en e-post direkte. E-postadressen min er vedlagt. Jeg ser frem til å høre fra deg.

Din venn,

Francois

Nysgjerrig leste han meldingen flere ganger og tenkte over timingen. Han lurte på om han var paranoid som trodde at denne gutten helt fra Frankrike kunne konspirere med The Furies. Selv om han var overivrig, hadde han rett til å være det, og som leder for teamet sitt var det opp til ham å sørge for at slike henvendelser var legitime. Han ville trenge onkel Sams hjelp til å undersøke saken, men inntil videre ville han sende ut noen følere og se hva som kom tilbake.

Han skrev en rask melding uten å oversette den. Gutten kunne bruke en søkemotor på samme måte som ham og finne en oversetter, og etter å ha lest den flere ganger trykket han på SEND.

Kjære François,

Takk for meldingen din. Hvordan hørte du om oss? med vennlig hilsen,

E-Z.

Francois' svar kom tilbake så raskt at E-Z ble enda mer mistenksom. Denne gangen sto det på engelsk:

Kjære E-Z,

Takk for det raske svaret.

Læreren min så nettstedet ditt, og vi lærte om deg og teamet ditt som en del av undervisningen om aktuelle hendelser.

Håper å høre fra deg snart.

Din venn,

Francois.

Det hørtes virkelig legitimt ut. Han skrev en ny melding og spurte Francois hva slags superheltkrefter han kunne tilby teamet sitt, slik at han kunne diskutere det med dem. Noen øyeblikk senere sendte Francois ham følgende melding:

Kjære E-Z,

Takk for at du gir meg muligheten til å fortelle deg om superheltferdighetene mine.

For det første har jeg, i likhet med deg, ikke alltid vært superhelt. Dette er noe vi har til felles. Derfor tenkte jeg at jeg ville passe godt inn i teamet ditt.

I stedet for å fortelle deg det, vil jeg gjerne vise deg det. Vedlagt er en privat invitasjon til å se YouTube-kanalen vår - pappa hjalp meg. Lenken er kun tilgjengelig for deg, og invitasjonen utløper om 24 timer.

Jeg ser frem til å høre fra deg når du har sett den.

Din venn,

Francois.

Nysgjerrig og uten å nøle klikket E-Z på lenken. Det dukket opp en melding der han ble bedt om å svare på et spørsmål som han ikke hadde noe problem med å svare på siden det var baseballrelatert.

Da han var inne, klikket han på klippet, skrudde opp volumet, og det startet umiddelbart.

Den første personen han så, var en gutt som presenterte seg som sju år gamle Francois Dubois via teksten som var oversatt fra ham nederst på skjermen.

Gutten var høy, veldig høy. Faktisk sto han ved siden av flere målestokker. Faren zoomet inn for å vise at Francois allerede som sjuåring var 163 centimeter høy. Bortsett fra høyden så Francois ut som en hvilken som helst annen sjuåring, med rødbrunt hår, et par tykke briller med mørk innfatning på nesen, rutete skjorte, blå jeans og svarte joggesko.

"Bonjour E-Z!" sa Francois med et smil som avslørte at han manglet to fortenner.

E-Z smilte tilbake og så på mens Francois og faren diskuterte en sak på fransk uten oversettelse. Diskusjonen virket opphetet, basert på håndbevegelsene og ansiktsuttrykkene deres. Han håpet at Francois ikke hadde tenkt å gjøre noe farlig.

E-Z så på mens Francois fortsatte å gå mot det mest kjente landemerket i Paris, Frankrike - Eiffeltårnet. Et skilt utenfor viste at inngangsbilletten kostet 5 euro for de mellom 12 og 24 år. Francois lukket øynene og åpnet dem igjen. Vent nå litt. Noe hadde forandret seg, kanskje var det belysningen.

Han fortsatte å se på mens Francois plasserte seg ved siden av et annet skilt der det sto:

Verdensutstillingen i Paris, 15. mai 1889.

"WHOA!" utbrøt E-Z mens han prøvde å forstå hva han nettopp hadde vært vitne til. En tidsreise?

Francois lukket øynene og var tilbake ved siden av det opprinnelige skiltet 12-24 år 5 euro.

Kameraet ble helt uklart. Nederst på skjermen sto det: "Et øyeblikk, takk."

Med et klikk begynte kameraet å rulle igjen, men denne gangen sto Francois ved siden av katedralen Notre-Dame de Paris. Siden den store brannen i 2019 var katedralen under gjenoppbygging, og stillasene og kranene var i full gang.

Akkurat som før lukker Francois øynene og åpner dem igjen.

"Aldri i livet!" utbrøt E-Z.

Francois befant seg i 1163, samme dag som den første steinen til den store Notre Dame-katedralen ble lagt på plass.

E-Z tok en pause. Kunne dette være en forfalskning? Selvsagt kunne det det. Med dagens teknologi kan hvem som helst forfalske hva som helst. Likevel var det noe i magefølelsen som sa ham at det var ekte. Men han trengte en second opinion. Han trengte Onkel Sam.

E-Z så på den pausede Francois på skjermen og klikket på start. Francois vinket da klippet var ferdig.

E-Z klikket og gikk tilbake til innboksen. Han trykket på svar og skrev følgende e-post til Francois:

Kjære Francois,

Takk for at jeg fikk se superkreftene dine. Jeg må snakke med teamet. Hvis vi bestemmer oss for å ta deg inn, når kan du begynne hos oss?

Din venn,

E-Z

Han ventet et øyeblikk og leste meldingen på nytt før han trykket på send. Han vurderte å endre

HVIS til NÅR. Han var usikker og tenkte på Francois' tidsreisende superkraft. Gutten ville være et fantastisk tilskudd til teamet.

Likevel måtte han få en ekstra vurdering. Før han tenkte mer på det, sendte han en melding til Sam. Han sendte Sam en melding: "Har du et øyeblikk?".

En ny e-post dukket opp i postkassen hans med ordene:

HEI E-Z,

Hvis du tar meg med på laget, kan du komme og hente meg da?

Din venn,

Francois.

Det måtte han tenke litt på.

Han svarte:

Kommer tilbake til deg så snart som mulig.

Din venn,

E-Z.

Sam kom inn på kjøkkenet: "Hva skjer, gutten min?"

"Beklager at jeg tok deg vekk fra filmen."

"Jeg holdt på å sovne uansett, så jeg er glad for avledningen."

"Jeg fikk en e-post via nettsiden vår fra en gutt i Frankrike som ba om å bli med i teamet vårt. Han og faren hans har laget en film, jeg har allerede sett den. Han har imponerende ferdigheter. Ta en titt og fortell meg hva du synes."

Sam var stille hele tiden. Da filmen var ferdig, ba han om å få se den igjen.

Da den var ferdig for andre gang, spurte E-Z: "Hva synes du?"

"Jeg synes det vi ser er imponerende. En tidsreisende gutt fra Frankrike."

"Vi kunne virkelig trenge en slik superkraft på laget vårt."

"Nettopp", sa Sam. "Og det er derfor jeg er mistenksom. Har du korrespondert med gutten?"

E-Z skrollet gjennom det som hadde blitt sagt så langt.

"Hvordan vet han at du ikke har hatt superkrefter hele livet?" spurte han.

"Ja, det var det jeg også tenkte. Men jeg tror det er en rimelig antagelse. Han er en smart gutt."

"Det stemmer", sa Sam. "Kan jeg klikke meg rundt og se hva jeg finner?"

E-Z nikket, og Sam tok kontroll over den bærbare datamaskinen. Han sjekket IP-adressen, som så ut til å være legitim. Han hadde ingen problemer med å spore adressen til Paris.

Han søkte på Francois' navn og fant ut hvilken skole han gikk på. Fant ut at han spilte basketball. Fant ut at han var flink til å stave. Så ikke ut til å havne i trøbbel.

Så fant Sam en dødsannonse for Francois' mor, som døde da han var fem år gammel. Dødsårsaken var ikke oppgitt, men det ble bedt om donasjoner til Paris Breast Cancer Foundation.

"Alt så ut til å være legitimt", sa Sam.

"Men hvordan kan vi være sikre? Jeg vil ikke ta noen unødvendige sjanser."

"Den eneste måten å være sikker på, er å intervjue gutten personlig." Han nølte: "Hm, han spurte når du kan komme og hente ham. Nå som jeg tenker over det, er det en ganske merkelig tanke for en tidsreisende gutt å foreslå."

"Ja, jeg hadde ikke tenkt på det på den måten."

"En ting er sikkert, E-Z, hvis noen skal ta ham, er det meg. Det er behov for deg her."

"Jeg setter pris på tilbudet, onkel Sam, men å sette livet ditt i fare er ikke et alternativ."

"Ok", sa Sam. "Har du hørt noe fra Alfred?"

Akkurat i tide kom Alfred vraltende inn på kjøkkenet.

"HVA?" spurte han.

ZAP

En liten, hvit, fluffy kattunge ankom.

"Bonjour E-Z, je m'appelle Poppet. Francois m'envoie."

"Oh boy", var alt E-Z sa.

Umiddelbart etter tikket det inn en e-post fra Francois:

"Kom hun trygt frem?"

Onkel Sam sa: "Vel, det besvarer spørsmålet vårt."

E-Z tastet inn: "Ja, hun er her."

ZAP

Poppet forsvant.

"Dette er så kult", skrev Francois. "Hvis du vil ha meg med på laget, kan jeg prøve det selv når du er klar."

"Hold dere fast inntil videre", sa E-Z.

"Hvordan visste Poppet hvor vi bodde?" spurte Sam.

"Det vet jeg ikke."

KAPITTEL 21

FRANCOIS-AVGJØRELSEN

D AGEN ETTER INNKALTE E-Z til et krisemøte i gruppen. Da alle hadde satt seg, gikk han rett på sak.

"Et potensielt nytt medlem har bedt om å bli med i teamet vårt. Sam og jeg har undersøkt søknaden hans, og alt ser legitimt ut."

"Det er jeg enig i", sa Sam.

E-Z nikket: "Francois er en tidsreisende."

"Jøss!" sa Lia.

"Fantastisk!" sa Lachie.

De andre hadde lignende kommentarer, med unntak av Charles som spurte: "Hva er en tidsreisende?"

"Det er du!" sa Brandy.

"Det er en som reiser fra en tid til en annen", sa Lia.

"Kanskje det bare er å se på dette klippet, så skjønner du bedre, og vi får alle en bedre forståelse av hva han kan gjøre." Han kastet et blikk på Alfred: "Men før vi snakker om Francois, vil jeg gi ordet til Alfred, så han kan fortelle oss hva han har oppdaget i boken. Over til deg, Alfred."

Trompetersvanen kremtet, mens alles øyne vendte seg mot ham.

"Jeg har gått gjennom alt, forfra, bakfra, sidelengs, og jeg er redd det ikke er til mye hjelp. Siden Furiene fikk et spesifikt mandat - og de holder seg til det (selv om de tøyer reglene), tror jeg ikke engang Zevs kan straffe dem for det de gjør."

"Sier du at det er håpløst?" spurte Brandy.

"Nei, jeg sier ikke at det er håpløst, men jeg ser ingen utvei. Med mindre de ikke vet det vi vet."

"Og det er?" spurte Brandy.

"Eriels plan. Hvordan han brukte dem. Hvor Eriel er. Hvordan han ikke kan kommunisere med dem."

"Det er sant, de må lure på hvorfor han ikke kommuniserer med dem", sa Lachie.

"Og det kan skape mistillit", la Brandy til.

"Hva om", sa Sam, "den informasjonen ble lekket til dem?" "Jeg tenkte det samme", sa Samantha. "Uten ham ville de kanskje snu ryggen til og stikke av."

"Men det kan også gå motsatt vei. Uten ham som holder dem i bånd, gjør de kanskje det. Hvem vet hva de ville gjort!" sa E-Z.

"De har allerede samlet mange sjeler," sa Lia. "Jeg tror E-Z har rett. Å vite at han er ute av bildet, kan gjøre dem dristigere."

Alfred merket at samtalen var i ferd med å gå i stå: "Så la oss snakke om Francois' superkrefter. Han er en tidsreisende. Hvordan kan han hjelpe oss?"

"En ting til," begynte E-Z, "og det er onkel Sam som har lagt merke til dette, så han er kanskje den beste til å forklare det."

"Nei, du kan gå i forveien," sa Sam.

"Francois sendte en kattunge hit."

"En kattunge?" spurte Sobo.

"Ja, hun het Poppet, og hun kom inn på kjøkkenet. Jeg fikk en melding fra Francois med en gang og spurte om hun hadde kommet trygt frem. Hun sa hei - ja, hun kunne snakke. Da jeg fikk bekreftet at hun var trygt framme, kom hun ut igjen. Spørsmålet Sam stilte senere var hvordan hun visste hvor vi bodde."

"Vent litt", sa Charles. "Var det ikke noen som sa at adressen deres var publisert på nettet?"

"Det har jeg også hørt", sa Brandy.

Sam sa: "Det virker som en evighet siden, men det er sant."

De samlet seg rundt Sam og så huset deres på nettet slik at hele verden kunne se det.

"Det er ingen tvil om det. Hvis de vet hvem vi er, vet de også hvor vi er", sa Sam. "Med mindre..."

"Med mindre hva da?" spurte E-Z.

"Med mindre de ikke er så teknologikyndige som vi tror."

Sobo sa: "Undervurder aldri en fiende. Det er slik uverdige skurker blir helter."

"Ok, først skal vi se på Francois' tidsreise, og så skal vi tenke ut hvordan han kan hjelpe oss med å beseire The Furies", sa E-Z.

De så på klippet i stillhet. Da det var slutt, sa E-Z: "Jeg skriver ut listen. Hvem vil begynne?"

"Nei", sa Sam. "Jeg synes vi skal skrive den ned på gamlemåten. Du vet, med penn og papir." Han stakk hånden ned i kjøkkenskuffen og tok frem en notatblokk de brukte til handlelister, og en penn. "Sett i gang med idémyldringen, så er jeg sekretær. Og du trenger ikke engang å betale meg lønn."

Det ble litt latter og fnising, og så begynte ideene å strømme:

#1. Francois kunne reise tilbake i tid, finne ut hva som skjedde med PJ og Arden og stoppe det.

#2. Francois kunne reise tilbake i tid og forhindre at alle barna ble drept.

#3. Francois kan reise tilbake i tid og hindre at E-Zs foreldre blir drept, og hindre at ulykken hans skjer.

#4. Det samme gjelder Lias ulykke.

#5. Det samme gjelder Alfreds families ulykke.

#6. Ditto: Lachlan blir låst inne i et bur.

Mellomspill.

Haruto var fornøyd med sin nye familie. Slutt på historien.

Brandy var fornøyd med å kunne dø og komme tilbake til livet igjen, selv om hun spurte om det var mulig å gå tilbake til auditiondagen. Denne forespørselen ble enstemmig avslått.

Charles angret heller ikke.

Brainstormingen ble gjenopptatt:

#7. Francois kunne gå tilbake til tiden før The Furies ble skapt for å sikre at de fikk en akilleshæl.

#8. Francois kunne reise tilbake i tid, til den første dagen Eriel møtte The Furies. Han kan være en spion. Eller kunne han sørge for at de aldri møttes i det hele tatt?

#9. Hvis Poppet kunne hoppe inn og ut, kunne Francois gjøre det samme?

Alfred sa: "Vent litt. Dette er helt sprøtt, men hva om Francois gikk tilbake og avlyste The Furies fra å eksistere."

"Jøss, det er en glimrende idé!" sa E-Z. "Men i alle historiene jeg har lest om tidsreiser, blir det alltid sett ned på å leke med liv og endre hendelser."

"Ja, det husker jeg fra Tilbake til fremtiden. Men av egen erfaring," forklarer Brandy, "når jeg dør og kommer tilbake igjen, er det som om hendelsene som førte til min død aldri har skjedd. Det er som en drøm, hvis du skjønner hva jeg mener?"

"Sam strakte seg og gjespet. "Babyene våkner snart. Jeg vil ikke overskride E-Zs lederskapsgrenser, men jeg tror vi må bruke litt tid på å tenke oss om før vi foretar oss noe."

"Enig. Takk alle sammen for en utmerket idédugnad", sa E-Z.

Og møtet ble hevet.

KAPITTEL 22

VARM MILK

LIA OG DE ANDRE tilbrakte dagen med å gjøre sine egne ting. Om kvelden vendte og vred hun seg utmattet, men fikk ikke sove. Frustrert etter flere timer uten søvn og konstant bekymring gikk hun ned for å hente litt varm melk.

Hun satte et krus i mikrobølgeovnen, trykket på 40 sekunder og deretter på startknappen. Mens klokken talte ned, så hun på tallene 39, 38, 37, 36 osv. helt til tallet 33 dukket opp. Det var det siste tallet hun så.

"Hei, lille Dorrit", sa hun og ønsket at hun hadde tatt på seg morgenkåpen. "Hvor skal vi?"

"Vi er på et oppdrag," sa enhjørningen. "Hvor skal vi?"

"Vet du ikke hvem?"

"Nei. Jeg passet mine egne saker da du ropte på meg, Lia, husker du ikke det?"

"Jeg ringte ikke til deg", sa Lia. "Jeg har ikke sovet ennå. Dette er merkelig."

Enhjørningen stivnet i luften.

WHOOSH

Lille Dorrit tok av i full fart.

"Argghh!" ropte Lia og holdt seg fast for harde livet.

"Hva er det som skjer? Hvorfor går det så fort?"

"Jeg vet ikke," sa enhjørningen. "Det er som om noen eller noe har tatt kontroll over meg." Hun prøvde å stoppe, slik hun hadde gjort bare noen øyeblikk tidligere. Nå klarte hun ikke å stoppe, uansett hva hun gjorde. Hun klarte heller ikke å senke farten.

"Hold godt fast!" ropte Little Dorrit, mens kroppen hennes begynte å rulle forover med hodet over hodet.

"Å nei!"

Lia skrek, men holdt fast for harde livet. Til slutt sluttet de å rulle, men i stedet for å bremse farten, satte de opp farten ytterligere.

De fløy videre og videre mens natten ble til dag. Etter hvert som solen steg oppover på himmelen, ble avstanden mellom dem og solen mindre.

"Det føles som om huden min brenner!" utbrøt Lia.

"Pelsen min også," sa Lille Dorrit. "La meg prøve å snu oss rundt igjen." Hun forsøkte, og som før rullet de hodestups, hodestups, og gapet mellom dem og den varme solen ble mindre og mindre.

"Vi må snu!" skrek Lia. "Hvis vi ikke gjør det, er det ute med oss."

"Men jeg klarer ikke å stoppe. Jeg klarer ikke å gjøre noe som helst. Vent, jeg skal be Baby om hjelp."

Med den flammende solen som bakteppe kom tre bevingede skapninger til syne. De holdt hverandre i hendene mens de svarte kappene virvlet og snodde seg rundt kroppene deres.

SNAP!

SNAP!

SNAP!

var lyden som fylte luften, lyden av en pisk som smalt mens Lia og Lille Dorrit ble dratt mot den som om de befant seg på en traktorstråle. Tordenen rullet, selv om ingen stormer var synlige mens solens klør strakte seg mot dem og truet med å oppløse selve eksistensen deres.

"Det er ute med oss!" sa Lia. "Takk for at du prøvde å redde oss." Hun klemte enhjørningen. "Jeg skulle ønske du hadde tøyler. Da kunne jeg kanskje snudd deg."

ZAP!

Tøyler dukket opp.

Lia la hendene rundt dem, men før hun fikk kontroll over dem, smeltet de til ingenting.

"Du har rett, jeg tror det er ute med oss," sa Little Dorrit. Tårer av glass rant fra øynene hennes.

BONJOUR

Francois dukket opp: "Kan jeg være til hjelp?"

"Ja visst kan du det", utbrøt Lia. "Få oss vekk herfra!"

"Lukk øynene og hold godt fast," sa Francois.

Lia og Lille Dorrit skalv av frykt.

DING. DING. DING.

Mikrobølgeovnen. Kjøkkenet.

Lia falt ned på gulvet.

Lille Dorrit landet trygt i en kjølig bekk, der hun plasket rundt og deretter satte kursen hjemover.

"Hvor har du vært?" spurte Baby.

"Du fikk visst ikke beskjeden min. Glem det. Jeg er for trøtt. Jeg er for trøtt," sa Lille Dorrit. "Jeg skal fortelle deg om det i morgen tidlig."

KAPITTEL 23

NESTE DAG

D ET VAR SOBOS TUR til å lage frokost, og det var hun som fant Lia på gulvet, sammenrullet som en avrevet ullbolle.

Sobo skrek: "Kom fort! Lia trenger hjelp!"

Samantha var den første som kom. Hun presset straks leppene sine mot Lias panne for å sjekke temperaturen, og ropte deretter til mannen sin om å hente et termometer for å dobbeltsjekke.

"Temperaturen hennes er 107,7", bekreftet Sam. "Vi må få henne til sykehuset."

Samantha ringte nødtelefonen mens Sam løftet Lia opp, bar henne og la henne på sofaen mens de ventet på ambulansen.

"Jeg holder fortet", sa Sam mens kona og Sobo fulgte etter ambulansepersonellet som bar den bevisstløse Lia på en båre.

Da ambulansen kjørte bort fra fortauskanten med sirenen i gang, åpnet Lia øynene og prøvde å sette seg opp.

"Jeg føler meg bra", sa hun.

Ambulansearbeideren sjekket temperaturen hennes igjen, og den var normal. Han trakk på skuldrene.

Da de ankom sykehuset, var Lia tilbake til sitt gamle jeg og ville hjem igjen - nå.

"Selv om de vitale tegnene hennes er fine nå, må vi følge opp saken siden du ringte oss. Lia blir innlagt, og når vakthavende lege har gitt klarsignal, får hun lov til å reise hjem."

"La meg i det minste få gå inn", sa deltakeren da sjåføren åpnet dørene.

"Nei, lille dame, du blir her", sa han, mens de gjorde seg klare til å bære båren og beboeren inn, mens Samantha og Sobo fulgte etter.

Samantha sendte Sam en oppdatering. Han svarte med en tommel opp-emoji, akkurat i det hun nærmest spaserte inn i PJ og Ardens foreldre som var på vei ut.

"De er våkne! Guttene våre er våkne!"

"Begge to?" utbrøt Samantha mens hun ga den siste informasjonen til Sam, som vekket nevøen sin for å fortelle ham de gode nyhetene.

"Kommer straks!" sa E-Z etter å ha ringt etter en taxi.

KAPITTEL 24

SYKEHUSET

E-Z VAR PÅ VEI til sine to beste venner. I drosjen gjentok tankene hans de gode nyhetene om og om igjen. Så mye hadde skjedd. Så mye de hadde gått glipp av. Så mye han måtte fortelle dem. Ønsket å fortelle dem.

"Vet du hvilket rom?" spurte sykepleieren.

Han svarte nei, og hun fant det raskt for ham. Etter å ha takket henne, tok han heisen og gikk til rommet deres, mens han lurte på om han skulle kjøpe noe til dem. Blomster? Godteri. Han bestemte seg for å spørre om de trengte noe.

Da han kom rett utenfor døren, kunne han høre stemmene deres, og han lurte et øyeblikk før han ga seg til kjenne. Så trakk han pusten dypt og prøvde å hindre følelsene i å ta overhånd - han ville ikke bli sentimental og dumme seg ut...

"Kom inn, din store bløthjertet!" sa PJ.

"Ahhhhh, han har savnet oss!" sa Arden.

"Burde ikke dere være mer velstelte etter all den skjønnhetssøvnen? Dere trenger forresten å barbere dere begge to!"

"Vi vil ikke overskygge deg, og jeg liker følelsen av bart," sa Arden.

"Vi vet at du elsker oppmerksomheten! Jeg ser at flaskebørsten din også trenger en trimming!"

Moren til PJ, som nettopp hadde kommet tilbake til rommet, hvisket til E-Z at de ikke ville at guttene skulle overdrive, siden de bare hadde vært våkne i noen timer.

Etter en kort prat klemte E-Z begge vennene sine og sa at han måtte gå. "Jeg kommer tilbake", lovet han, "og jeg skal snike inn en burger eller to - jeg har hørt at sykehusmaten er skikkelig dårlig."

"Det skal du ikke!" sa Ardens mor da hun også kom tilbake til rommet.

Han satte seg på stolen med Ardens mor vendt mot ham, mens de to vennene hans slo hendene sammen og tryglet ham om å ta med mat til dem.

Da han gikk bortover korridoren, kunne han ikke tro hvor mye han hadde savnet dem - og hvor godt de så ut. Han tok heisen ned til akuttmottaket, der han fant Samantha og Sobo.

"Noe nytt?" spurte E-Z.

"Hun hadde det bra, så rasende at de fikk henne til å bli her for å undersøke henne", sa Samantha. "Men jeg kommer til å føle meg bedre når hun er friskmeldt og vi kan komme oss ut herfra."

"Jeg også", sa E-Z. "La meg ta en titt." Han dyttet seg langs korridoren. Mens han gikk, lyttet han til stemmene inne i et forhengslet område som han anså for å være stasjonene før innleggelse. Til slutt hørte han Lias stemme og gikk inn.

"Vennligst vent utenfor", sa sykepleieren.

"Men hun er søsteren min."

"Jeg vil hjem - nå!", krevde hun og la armene i kors over brystet.

"Du blir utskrevet så snart legen sier at du kan skrives ut. Og ikke et øyeblikk før."

"Hvordan går det med deg? Mamma er bekymret for deg."

"Jeg skal la dere to være alene og prate", sa sykepleieren. "Legen kommer snart. Og sørg for at hun holder seg rolig."

"Øh, takk", sa E-Z.

Da hun var borte, ga de hverandre en klem.

"Lille Dorrit og jeg ble nesten brent av solen!" sa hun. Hun fortalte E-Z alt som hadde skjedd, fra begynnelse til slutt.

"Interessant at det var Francois som reddet deg."

"Jeg vet ikke hvordan han visste det. Lille Dorrit og jeg trodde vi var ferdige. Det var helt klart The Furies. De ville brenne oss opp! Vi ble svidd. De er forferdelige, onde hekser!"

"Var det slanger?" spurte E-Z.

"Slanger og pisker."

"Det høres ut som The Furies." E-Z nølte. Han skiftet emne. "Har du hørt om PJ og Arden?"

Hun ristet på hodet.

"De har våknet!"

"Aldri i livet! Er ikke det et merkelig sammentreff? De prøver å drepe Lille Dorrit og meg, samtidig som våre to komatøse venner våkner."

"Du har rett, jeg tror det henger sammen."

Samantha skjøv forhenget til side: "Hva er det som henger sammen?" Hun klemte datteren sin. "Hvordan føler du deg nå, vennen?"

"Jeg er ingen baby", sa Lia. "Men jeg føler meg bedre, og jeg har lyst til å dra hjem. Etter at jeg har besøkt PJ og Arden."

Sobo kom inn. Hun ga Lia en klem.

"Hva har skjedd med deg?" spurte hun.

Igjen forklarte Lia alt. Moren tok det ikke like godt som Sobo. E-Z skyndte seg bort og helte opp et glass vann til Sam. Sobo hadde derimot mange spørsmål.

"Varmet du melk i mikrobølgeovnen?"

Lia nikket.

"Og det var da du ble zappet ut av kjøkkenet?"

"Ja, og rett opp på ryggen til Lille Dorrit. Lille Dorrit sa at jeg hadde tilkalt henne, men det hadde jeg ikke."

"Og hva skjedde så?" spurte Sobo.

"Vel, Lille Dorrit fløy og vi småpratet, og da ingen av oss visste hvor vi skulle eller hvorfor, vurderte vi å snu. Før vi visste ordet av det, ble Lille Dorrit og jeg tvunget nærmere og nærmere solen uten mulighet til å snu."

"Men du og Lille Dorrit oppfyller ikke furienes kriterier. De burde ikke kunne røre noen av dere!" utbrøt E-Z.

Samantha sa: "Kanskje det bare er en tilfeldighet.

Sobo gjentok rådet sitt fra før: "Undervurder aldri en fiende."

Da Lia fikk lov til å dra hjem, overrasket hun og E-Z PJ og Arden med cheeseburgere og pommes frites som de smuglet inn.

På vei hjem i drosjen sammen med Samantha, Sobo og Lia tenkte E-Z bare på én ting. Furiene hadde angrepet Lia og Lille Dorrit, og de hadde mislyktes. Ikke bare hadde de mislyktes - takket være Francois - men på en eller annen måte hadde universet sendt PJ og Arden tilbake.

Tilfeldigheter? Han trodde ikke det. I stedet ville han tro at Furienes krefter ble mindre hvis de gikk utenfor sitt mandat.

Uansett måtte han og teamet hans være klare til å utnytte situasjonen når som helst.

Dette kunne være deres eneste sjanse.

Den eneste fordelen i deres favør.

KAPITTEL 25

GRANDMOTHER

"JEG MÅ STILLE ETT spørsmål til", spurte Sam E-Z før alle kom inn til møtet.

"Ok, spør i vei", sa E-Z.

"Jeg lurte på hvorfor Rosalie ikke visste om Francois."

"Jeg", var alt E-Z fikk sagt før Brandy og Lia kom inn på kjøkkenet.

"Ikke bry dere om oss", sa Brandy mens hun åpnet kjøleskapet, tok ut appelsinjuicen og drakk den opp før hun kastet beholderen i søppelkassen.

"Du burde skylle den ut først", sa E-Z, noe Brandy gjorde. Så satte hun seg på en stol og tørket seg om munnen med håndbaken.

"Beklager, det var ikke meningen å være uhøflig og bråstoppe. Jeg ville at vi alle skulle være her for å diskutere onkel Sams bekymringer."

"Greit nok", sa Lia og satte seg ved siden av Brandy.

En etter en ankom de andre og tok plass rundt bordet.

E-Z begynte med å oppdatere alle om PJ og Ardens mirakuløse bedring, noe som ble etterfulgt av applaus fra alle, også de som ikke engang hadde møtt dem ennå.

"Neste punkt på dagsordenen, og jeg tror disse to punktene henger sammen: Lia og Lille Dorrit ble lurt til å forlate huset, og livene deres var i fare. Hadde det ikke vært for Francois, kunne Furiene, som vi anser som ansvarlige, ha lyktes."

"Bravo Francois!" sa Charles.

"Hvordan ble du lurt?" spurte Brandy.

"Hvor skjedde det?" spurte Lachie.

"Lia, har du lyst til å fortelle det?" spurte E-Z. Hun ristet på hodet. "Si ifra hvis jeg overser noe", sa han. Han fortsatte og forklarte hva som hadde skjedd og hvorfor de trodde at The Furies var ansvarlige.

"Siden da har jeg tenkt på The Furies og mandatet deres. Som vi vet, må de følge det. Da de prøvde å drepe Lia og Lille Dorrit, brøt de reglene. Hvilken grunn kunne de oppgi for å prøve å drepe Lia eller Lille Dorrit? Ikke bare brøt de mandatet sitt, men de mislyktes også. Tenk nå på hva som skjedde nøyaktig samtidig - jeg mener selvfølgelig PJ og Arden - de våknet fra koma. Tilfeldigheter? Jeg tror ikke det.

"Og jo mer jeg kobler dem sammen i tankene mine, jo mer lurer jeg på om Furiene er i ferd med å svekkes. Hvis jeg har rett, kan dette være det rette tidspunktet for oss å ta dem."

"Det er mulig," sa Alfred, "men jeg husker at jeg leste om Einstein da jeg gikk på skolen - noe som kan bevise noe annet. Jeg mener, det var kanskje ikke The Furies i det hele tatt. Det kan ha vært en forstyrrelse i rom-tid-kontinuumet. Siden Francois klarte å redde dem, og ingen av oss visste at det skjedde, er det vel en mulighet som er verdt å undersøke?"

Sam gikk frem og tilbake. "Med tanke på alt vi vet om The Furies, og det jeg husker fra studiene mine om Einstein - for i det hele tatt å ha en sjanse til å bøye romtidskontinuumet, måtte Lia og Little Dorrit ha reist raskere enn lyset - 186 282 miles i sekundet. Hvis dere reiste så fort, ville dere ha beveget dere bakover i tid, ikke fremover."

"Vi reiste fort, men ikke så fort," sa Lia.

"Fortell oss igjen hva som skjedde, Lia. Bilde for bilde. Helt frem til Francois dukket opp", sa Alfred.

Lias historie begynte på kjøkkenet og endte på sykehuset.

Ved håndsopprekning stemte alle for at de trodde Furiene var ansvarlige, men ingen kunne forklare hvorfor Francois visste det, eller hvordan han ble tilkalt.

"Har du tilkalt ham?" spurte E-Z. "Jeg mener, hvordan visste han det? Det har jeg tenkt å spørre ham om."

"Dermed er vi tilbake der vi begynte i dag", sa Sam. "Og spørsmålet mitt er hvorfor Rosalie ikke visste om Francois."

"Og hvordan har Lille Dorrit det?" spurte Sobo.

"Jeg vet ikke hvordan det går med Francois, men enhjørningen sov da jeg stakk ut etter gress i morges."

"Ah, det er bra," sa Lia.

"Kanskje legene har en forklaring på hvorfor PJ og Arden våknet når de gjorde det?" spurte Sam.

"Det er mulig, men jeg tror ikke det har noe å si for oss. Egentlig ikke. Hovedsaken er at de er våkne, og vi vet fortsatt ikke om The Furies var ansvarlige for dem. Men vi har bevis på hva de har gjort mot andre barn, og på en eller annen måte må vi få dem til å betale. Og vi må få dem til å slutte."

"Kanskje legene har en forklaring på hvorfor PJ og Arden våknet opp når de gjorde det?" spurte Sam.

"Det er mulig, men jeg tror ikke det har noe å si for oss. Egentlig ikke. Hovedsaken er at de er våkne, og vi vet fortsatt ikke om The Furies var ansvarlige for dem. Men vi har bevis på hva de har gjort mot andre barn, og på en eller annen måte må vi få dem til å betale. Og vi må få dem til å slutte."

"Her! Her!" sa Charles og slo hånden ned i bordet.

"Kan vi snakke litt mer om François?", spurte Brandy.

"Hva om han ikke vil fortelle oss noe," spurte Charles, "med mindre vi aksepterer ham som medlem av teamet?"

"Charles har et godt poeng", sa E-Z. "Jeg er forberedt på å bruke dette. "Jeg er forberedt på å bruke dette som en test med Francois. Hvis han ikke vil fortelle oss hva han vet, er det kanskje ikke meningen at han skal være en av oss."

"Tenk om han er en veldig god løgner?" spurte Brandy. "Og noen mennesker er gode til å lyve."

Lia sa: "Hvorfor tar vi ikke en Zoom-samtale? Da kan vi alle snakke med ham, se hva han står for, og så kan vi stemme over det. Jeg er allerede forberedt på å stemme ja."

"Nei", sa E-Z. "Jeg vil ikke at han skal vite noe om Charles, Haruto, Lachie eller Brandy. Alt han vet akkurat nå, er det han finner på nettet."

"Og likevel", innskjøt Sam, "klarte Poppet å stikke innom huset vårt."

"Ja, det kan man godt si", sa E-Z.

"Dessuten reddet han Lille Dorrit og meg - så han vet om henne."

"Det føles som om vi går i ring", sa Alfred. "I mellomtiden dør flere barn og havner i sjelefangere som tilhører andre som har dødd", sa Alfred. "Jeg håpet virkelig at vi hadde kommet lenger etter at jeg dechiffrerte informasjonen i boken."

"Vent litt", sa E-Z. "Har noen sett Hadz og Reiki i dag?"

Ingen hadde det.

E-Zs telefon ringte. Det kom en lang tekstmelding fra PJ og Arden:

"Ikke spør oss hvordan, men vi vet at The Furies er på vei mot dere. Og ja, vi har en plan. Vi må få beskjed så snart dere ser dem. Send oss en melding - og Haruto."

E-Z svarte. "Hva...."

"Stol på oss", skrev PJ.

Begge utvekslet tommel opp-emojier, og så forklarte han situasjonen for Haruto og de andre.

Å vite at The Furies var forberedt på å starte kampen nå, på fiendens territorium og uten lederen Eriel, gjorde E-Z engstelig. Men de hadde mistet overraskelsesmomentet takket være PJ og Arden.

Å sitte og vente på at de skulle komme, var ikke den beste strategien.

Men nå hadde de en fordel. Alt de trengte å gjøre, var å sitte og vente - og håpe.

KAPITTEL 26

UVENTEDE BESØKENDE

ALLE GIKK I GANG med sine gjøremål og forsøkte å holde seg sysselsatt mens de ventet. Så brøt en uunngåelig stank gjennom murveggene.

"Hva er det?" ropte Lia og holdt seg for nesen med fingrene. "Jeg kan fortsatt lukte det!"

Brandy gjorde det samme med høyre og venstre hånd, og med venstre sprayet hun luftfriskere rundt i rommet, noe som i stedet for å dempe stanken så ut til å gjøre luften tykkere og forsterke den.

"Nå går vi ut!" sa Lachie. "Kanskje det er bedre der ute?" Han åpnet døren, selv om logikken sa ham at hvis det luktet vondt inne, måtte det være verre ute. Til å begynne med ble sansene hans lurt, og han kjente ikke lukten av noe som helst. Var han i ferd med å venne seg til det? Var det The Furies som stinkbombet huset innvendig?

Så fikk han øye på Lille Dorrit og Baby som sirklet over ham. "Det er ikke noe bedre her oppe!" sa Baby.

"Uansett hvordan vi går!" la Lille Dorrit til.

Så slo det ham igjen, stanken var som et slag i ansiktet, og et øyeblikk mistet han balansen. Han fikk øye på klessnoren og knaggene og løp mot dem. Han klemte en av dem fast på nesen, og vips, så luktet han ingenting. Han vinket til Lille Dorrit og Baby at de skulle komme ned, og da de gjorde det, satte han på flere knagger (nesene deres trengte flere) til de heller ikke lenger kjente lukten.

"Takk", sa Lille Dorrit og Baby da de reiste seg fra bakken. "Vi skal holde utkikk."

Lachie ga dem tommelen opp, og så la han merke til at det var litt bråk på gang nedover stien mot gjerdet i hagen. En gruppe skapninger dannet en sirkel, som om de hadde et møte. Han gikk mot dem da en ugle løftet seg fra en gren og landet på skulderen hans.

"Eh, hallo", sa han og så inn i uglens øyne. "Har vi møttes før?" Uglen nikket, og da kjente han igjen hvem det var. Det var Sobo. "Da du sa at superkraften din var forvandling, tenkte jeg ikke på deg på denne måten!"

"Haruto vet ikke om det," sa hun. "Jeg tror i hvert fall ikke han husker meg - ennå." Hun fløy tilbake til gruppen av skapninger: "Kom og bli med oss," sa hun.

Lachie gikk rundt blant dem og ble presentert én etter én for en hjort som het Oboe, en vaskebjørn som het Charlie, en rev som het Louise, en fugl (Blue Jay) som het Lenny og en annen fugl (Cardinal) som het Percy.

"Vi har kommet for å hjelpe", sa rådyret Oboe, "men vi er veldig redde for The Furies."

"La meg ta dem!" utbrøt vaskebjørnen Charlie. "Jeg skal klore ut øynene deres."

"Og jeg skal rive ut strupene deres!" ropte reven Louse.

"Jøss! Vent litt!" sa Lachie. "Dette er ikke din kamp. Selv om jeg setter pris på at du vil hjelpe oss, kan du vel prøve først? Hvis vi trenger din hjelp, plystrer jeg, og så kan du komme inn."

"Han har rett", sa Sobo. "Men han mener ikke meg." Hun så på Lachie for å forsikre seg om at antagelsene hennes var riktige, og svarte med et nikk. "Jeg må beskytte barnebarnet mitt og de andre."

Lenny og Percy, de to andre fuglene, kvitret seg imellom.

Sobo, som hadde vært rolig, begynte nå å flakse på en uberegnelig måte og gjentok: "Det kommer fæle ting! Forferdelige ting er på vei! Fryktelige ting er på vei!"

"Hysj, Sobo", sa Lachie og prøvde å roe henne ned. "Vi er klare, og de vet ikke at vi vet at de kommer."

DUNK DUNK DUNK DUNK DUNK
DUNK DUNK DUNK DUNK DUNK
DUNK DUNK DUNK DUNK DUNK
var lyden av bakken under føttene deres, pulserende som et hjerte som prøver å bryte ut av brystet.

Dunkingen ble etterfulgt av tromming.

Og så tromming.

"Furiene kommer!

Furiene kommer!
Furiene kommer!"
Mens himmelen over dem vred seg
Og snudde seg.
Og brant.
Fra strålende blå til blodig oransjerød.
Naboene klatret ut, slik naboer gjør - for å se hva den stinkende lukten handlet om. Noen bråkete parkanter besvimte da sansene ble overveldet, og noen tok med seg popcorn ut på verandaen for å spise og se på.
De ante ikke hva slags fare som var på vei mot dem.
Likevel fantes det spor.
Den dunkende hviskingen.
Dunk-dunk-dunk-dunk-dunk.
Likevel var det mange som ikke trakk seg tilbake til sine trygge hjem.
I stedet spiste de popcorn og drakk brus mens de ventet.
GAPING
Uten å rømme.
Mens selve bakken under føttene deres
DUNK DUNK DUNK DUNK DUNK
DUNK DUNK DUNK DUNK DUNK
DUNK DUNK DUNK DUNK DUNK
Så ble dunkingen etterfulgt av tromming.
Og så tromming.
"Furiene kommer! Furiene kommer! Furiene kommer!"

"**N**å går vi ut!" utbrøt E-Z. "Og møte dem rett i ansiktet!" Han åpnet ytterdøren på vidt gap slik at den smalt mot veggen.

Brandy, Lia, Haruto, Charles og Alfred sto bak ham, klare til å aksjonere så snart de fikk ordre om det. Han kastet et blikk over skulderen og så Sam og Samantha på vei ut: "Ikke du," sa han. "Babyene trenger deg der inne. Overlat det til oss."

Sam og Samantha trakk seg tilbake.

Nå sto de fire soldatene side om side på plenen og ventet. For en fremmed kunne de ha sett ut som en gruppe barn som ventet på skolebussen en vanlig skoledag. Men dette var ingen vanlig dag. Dette var dommedag.

Lias armer ristet og skalv mens hun søkte i tankene, åpnet seg for sinnet, i håp om at superkreftene hennes ville gi henne tilgang til Furienes sinn. At hun ville være i stand til å sette seg inn i det og finne ledetråder, informasjon som kunne hjelpe teamet hennes - men tankene forble tomme.

Alfred sa: "Jeg flyr opp på taket. Se hva jeg kan se." E-Z nikket. "Pass på deg selv. Og se om du kan finne Lachie og Sobo." Han hadde allerede fått øye på enhjørningen og dragen som fløy høyt over dem. Han ga dem tommelen opp.

Baby stupte ned, Lachie hoppet opp på ryggen hans, og sammen kom de opp på taket sammen med Alfred.

En ugle landet ved siden av dem.

"Det er Sobo", sa Lachie.

"Ser du noe?" spurte E-Z.

Alfred slo med vingene: "Det er en enorm hylle på størrelse med et isfjell på vei mot oss, men den beveger seg raskt."

E-Z prøvde å se det for seg, men det gikk ikke, for hvordan i helvete skulle han og teamet hans klare å stoppe noe slikt? Hvordan?

"Den beveger seg mot oss som en tsunami", sa Alfred.

"Men den er ikke laget av vann", sa Lachie. "Det ser ut som om den er laget av sand. En sandbølge. Den bar på tre svartkledde kvinner."

En sandbølge, ja, nå kunne han se det for seg. "ETA? Jeg mener beregnet ankomsttid?" spurte E-Z.

"Vanskelig å si", sa Alfred. "Minutter..."

Under føttene deres fortsatte bakken å tromme.

Og dunket.

"Furiene kommer! Furiene kommer! Furiene kommer!"

"**K**OM DERE INN!" ROPTE E-Z til de nysgjerrige naboene. "Lukk dørene og lås dem. Og noen legger ut en melding på sosiale medier. Be alle om å holde seg innendørs. Be dem om ikke å komme ut igjen før de har fått klarsignal fra meg! Gå nå!"

SLAM.

SLAM.

Over skulderen hans så Alfred, en ugle, Lachie og Baby ut og fulgte med på at bølgen reduserte avstanden mellom The Furies og teamet hans, mens Lille Dorrit holdt et våkent øye høyt oppe.

Det var for sent å legge en plan. For sent til å gjøre noe annet enn å håpe at de var klare, mens vinden pisket og dyttet dem rundt og jorden dunket i takt med hjerteslagene deres.

KRAKK.

Bak ham gikk ytterdøren i stykker og fløy av hengslene. Den spratt og skranglet bortover gaten før den til slutt la seg flatt.

Sam gikk ut. E-Z snudde stolen mot ham og trodde ikke sine egne øyne.

Sam hadde satt sammen et kostyme, eller flere kostymer, og skapt sin egen superheltfigur. På hodet hadde han en ridderhjelm med masken oppslått. Når han beveget seg fremover, falt den ned, og han måtte klikke den på plass igjen. Han hadde påført seg øyesverte - slik baseballspillere bruker for å fjerne gjenskinnet under øynene. Brystkassen var oppsvulmet, som om han hadde en skuddsikker vest under skjorten, og bak seg hadde han en lang, svart kappe. På underkroppen hadde han på seg svarte jeans og favorittjoggeskoene sine.

Superheltteamet prøvde å la være å le da han kom gående ved siden av dem, og de la merke til at superheltnavnet hans - SAM THE MAN - var sydd inn i stoffet over skuldrene.

Lille Dorrit stupte ned og kastet Brandy opp på ryggen. Deretter hoppet Lachie opp på ryggen til Baby og satte av gårde. Han kastet et blikk mot taket. Lille Dorrit var ikke lenger der. Alfred og uglen løftet seg fra taket. Alle landet ved siden av E-Z og de andre.

"Alle for én!" sa de. "Og én for alle!"

"Men hvor er min Sobo?" spurte Haruto.

Sobo fløy opp på skulderen hans, og han skjønte med en gang at det var henne. Så forvandlet hun seg til sin menneskelige form.

Barnelaget hadde sett onkelen Sam forvandle seg til mannen Sam og Sobo forvandle seg fra ugle til bestemor, men ingen av dem lot seg affisere av det.

For under føttene deres fortsatte bakken å DRUMME.

Og TROMMELING.

Men ordene hadde endret seg.

"Furiene er nesten her.

Furiene er nesten her.

Furiene er nesten her."

✳✳✳

E-Z OG TEAMET HANS så på mens den gigantiske sandbølgen, som lignet et havgående skip på vei inn i en havn, drev inn. Men denne greia raste gjennom gatene og jevnet hus, trær og alt levende på sin vei med jorden. Og den sakket ikke av.

Det var ikke nok tid for dem til å ta av, og dessuten var de lamslått av den enorme størrelsen. Men den stanset, og Furiene regjerte over dem, og stemmene deres skrek av latter da de kastet blikket på fiendene sine for aller første gang.

"Er de i det hele tatt virkelige?" spurte Tisi. "De ser ut som miniatyrdukker som bare venter på å bli tråkket på."

"Jeg ser at de har en drage og en enhjørning. Og en svane. Jøss!" skrek Ali.

"Husk hvorfor vi er her", sa Meg. "Nå oppfører dere dere pent, mens jeg går ned og tar en prat med lederen. Hva var det han het?"

"E-Zed", skrek Tisi.

"E-Zed", ropte Ali.

Sammen sa de navnet E-ZED, E-ZED, E-ZED."

"De kaller deg E-Z", sa Brandy mens hun sparket av gårde.

"Nei!" ropte E-Z. "Vent på bestillingen min!" Men det var for sent, Little Dorrit og Brandy var allerede i luften, men de kom ikke langt og fant en plass på taket.

E-Z og resten av teamet holdt stand.

"Hva venter de på?" spurte Sam.

Charles svarte: "De håper at stanken deres skal gjøre jobben for dem. Han smilte, og alle lo. Alle unntatt Sobo, som forvandlet seg tilbake til ugle og fløy opp på taket sammen med Brandy og Little Dorrit.

Furiene, som hadde utmerket hørsel, og som hadde en plan som de hadde tenkt å følge, satte ikke pris på å bli utsatt for superheltbarnas spøk, og en etter en tok til vingene. Etter hvert som de nærmet seg, økte stanken i takt med at de svarte kappene flagret i vinden.

"Ta imot!" ropte Lachie og kastet klesklyper til hvert av lagets medlemmer.

De ikke lenger så stinkende heksene fløy nærmere, slik at barna nedenfor kunne se dem i større detalj. I virkeligheten var de større enn livet, bokstavelig talt, på grunn av slangene som krøp og gled over kroppene deres. De gaffeltungespyttende slangene ble akkompagnert av lyden av piskeslag i en enestående oppvisning i psykologisk krigføring.

I henhold til den opprinnelige planen var det Meg som brøt isen og skrek: "Hvor er Eriel? Vi vet at dere har ham! Gi ham til oss, NÅ."

Den høye lyden av den skrikende stemmen hennes fikk barna til å holde seg for ørene, mens glassgjenstander som gatelys, verandalys, vinduer og til og med glass i skap knuste i mils omkrets.

Da han var sikker på at Meg ikke lenger snakket (siden munnen hennes var lukket), svarte E-Z: "Det er hos ham forrædere oppbevares. Så nå kan dere krype tilbake til det hullet dere tre krøp ut av!" Og da han var ferdig med å snakke, løftet hans seg fra bakken, etterfulgt av Alfred, Sobo, Little Dorrit med Brandy Baby og Lachie om bord.

"Dette er vårt territorium. Dette er vårt folk - og dere har ikke noe her å gjøre. Faktisk har dere ikke noe her på jorden å gjøre i det hele tatt. Det har dere aldri hatt. Dere hører ikke hjemme her", sa E-Z. "Og vi er lei av manipulasjonen deres. Dere har overspilt deres rolle. Du har misbrukt kreftene dine. Du er avskyelig. Og det skal du få stå til ansvar for."

"Hva skal en liten gutt som deg gjøre med oss?" Tisi, som hadde flyttet inn ved siden av Meg, ropte: "Kjøre over oss?"

Den skingrende latteren hennes fylte luften og fikk bakken under resten av lagets føtter til å sprekke opp. Lia, Haruto, Charles og Sam krøp sammen mellom hullene for å være i sikkerhet.

Meg sluttet seg til navneleken: "Kanskje svanen vil kile oss i hjel? Vi kan selvfølgelig plukke ham - og spise ham til lunsj!"

De som ikke fløy, krøp enda tettere sammen. Haruto, som kunne ha snurret seg unna, var for redd til å røre seg. Han holdt seg unna de åpne hullene i jorden som truet med å sluke dem.

"Og du, lille jente", sa Alli til Lia. "Vi prøvde å smelte deg i solen. Du slapp unna den gangen. Men hva skal du gjøre med oss nå? Skal du stirre på oss med hendene og forvandle oss til statuer?"

Furiene skrek av latter igjen, mens jorden under dem trakk seg sammen, som om den prøvde å føde noe.

"Nå kjeder jeg meg", sa Meg.

De to andre søstrene var uvanlig stille, som om de var usikre på hva de skulle gjøre nå.

"Meg fløy litt nærmere E-Z med hendene på hoftene: "Vi kaster bort tiden vår her! Vi har ikke kommet for å kjempe mot dere i dag. Ikke uten lederen vår. Vi vil bare vite hvor han er. Slipp ham fri. La ham gå - nå. Så sparer vi slaget til en annen dag."

"Det ville du vel likt!" ropte Alfred.

Det fikk Alli til å gå i spinn.

"Kom til meg, lille svanny. Kjelen venter på deg - din fjærkledde freak!"

"Han er en svane, ikke en gås, din idiot!" sa Brandy mens hun styrte Lille Dorrit mot henne.

E-Z, som var glad for distraksjonen, mottok en tekstmelding fra PJ og Arden og ga Haruto et tommel opp-signal.

Haruto snurret seg usynlig og løp raskere enn fort til sykehuset der han møtte PJ og Arden som allerede var inne i spillet og ventet. Nå skulle de drepe hver sin. Da Haruto ankom, drepte de to til.

Furienes grådighet etter flere barnesjeler sendte essensene deres inn i spillet.

"Nå har vi deg!" ropte de tre gudinnene.

"Nå!" ropte PJ, mens Arden trykket på SAVE to USB, og da det var lagret, trykket han på EJECT. Han lukket USB-minnet med maskeringsteip og la det i en lufttett pose.

"Ta med denne til E-Z!" sa Arden.

Haruto kom ned på bakken, signaliserte til bestemoren, som tok USB-en i nebbet og tok den med til E-Z.

PJ sendte en melding. "Furienes essenser er i USB-en."

E-Z plasserte USB-en trygt i jeanslommen, og neste gang han så på The Furies, hadde bildet i Rafaels briller endret seg. De tre søstrenes kropper tonet inn og ut, men det gjorde ikke slangene. Det var da han innså hva akilleshælen deres var. "Slangene holder dem i live!" ropte han. "Vi må drepe slangene."

Brandy var allerede nær nok til å slå Alli. Dessverre var hun også nær nok til at slangen til Alli kunne bite henne - og det gjorde den. Hun falt sammen, og

Lille Dorrit stakk av, men det var for sent, Brandy var allerede død.

"Få henne vekk herfra!" ropte E-Z, og Little Dorrit fløy gråtende opp i himmelen.

"Det kommer til å gå bra med henne", sa E-Z.

"Det tror jeg ikke," lo Alli. "Slangene våre er ikke fra denne verdenen. Hvis du blir bitt av en av disse, virker ikke kreftene dine, uansett hvilke krefter du har. Men vi kan bli her og vente hvis du vil? Og når hun ikke kommer tilbake, sprenger vi resten av teamet ditt i fillebiter!"

"Kjerringer!" utbrøt E-Z.

Sobo gikk til angrep og trakk ut slangeøynene ett etter ett og slapp dem ned på bakken. Da hun var ferdig med Alli, gikk hun videre til Meg og deretter til Tisi. Da hun var ferdig, var bestemoren for utmattet til å gjøre noe annet enn å lande ved siden av barnebarnet og gå tilbake til menneskeskikkelse.

"Men Sobo," sa Haruto, "jeg vil også kjempe."

"La dem gjøre resten," sa hun. "Jeg er for sliten til å bære deg."

Sobo og Haruto så på mens resten av teamet gjorde slutt på slangene.

Furiene åpnet munnen og lukket den igjen, men det kom ingen lyd fra dem. I tillegg til at de var stemmeløse og blekne, prøvde kroppene deres å holde seg flytende mens blodet i årene dryppet ned.

E-Zs rullestol beveget seg under dem, fanget opp dråpene og blandet blodet fra The Furies med de andre prøvene den hadde samlet inn.

"De er døde", bekreftet E-Z, mens The Furies tomme kapper svevde som svarte spøkelser mot bakken.

Men det var ikke over ennå.

✱✱✱

B AK E-Z LØFTET SANDBØLGEN hodet, og da hun så de gjennomhullede øynene rundt seg - øynene til alle barna sine - våknet denne slangenes mor langsomt til liv.

Sam, som oppdaget bevegelsen først, ropte: "Se opp, E-Z!", og da han ikke fikk gehør for ropene sine, sluttet Lia, Charles, Haruto og Sobo seg til.

Lachie hørte ropene deres og fikk øye på slangen da hun hørte den smyge seg mot E-Z. Han så inn i slangens øyne og sa "NEI!".

I et sekund eller to sluttet slangen å bevege seg, og det så ut som om hun hørte og forsto Lachies kommando, men så så han et glimt i øyet hennes. "Dukk E-Z!" ropte han, mens Baby åpnet munnen og skjøt i retning E-Z og slangemoren.

E-Zs hår sto i flammer, og han klappet det ut, før stolen hans falt til bakken.

Baby fortsatte å spy ild mot den gigantiske slangemoren til den var helt utbrent. I stedet for stanken som The Furies skapte, var luften nå fylt av en stinkende kyllinglukt som man finner på enhver grillfest i hagen.

"Takk, Baby og alle sammen", sa E-Z mens han kjørte fingrene gjennom håret. Det hadde fjernet den bustlignende delen.

"Det kommer til å vokse ut igjen", sa Sam, mens bakken under føttene deres igjen begynte å

TROMLE

OG TROMLE

E-Zs rullestol løftet seg fra bakken av seg selv, og det begynte å regne bloddråper ned i kratrene som hadde åpnet seg i bakken.

"Hva er det som skjer?" spurte Alfred.

Under ham fortsatte rullestolen å blø mens den slynget ham fra sted til sted. "En liten dråpe her og en liten dråpe der", resiterte han i tankene. På bakken sa teamet hans de samme ordene som gikk rundt i hodet hans, "en liten dråpe her og en liten dråpe der", og så avsluttet de diktet sammen, "en liten dråpe overalt", og begynte på nytt. Han ristet på hodet ... leste de tankene hans?

Under føttene deres fortsatte jorden å røre på seg.

DRUMMING

TROMMELING.

KONVULGERENDE.

KONTRAHERENDE.

Lia løftet seg fra bakken og åpnet armene så mye de kunne, med hodet bakoverlent og blikket rettet mot himmelen. Og over henne rev himmelen seg opp. Det begynte å regne, men da de traff fortauet, var flekkene røde. Himmelen gråt blodige tårer, mens Lia svaiet og vred seg i luften som en marionett uten tråder.

De andre, med unntak av Baby og Lachie, løp ut på verandaen for å unnslippe det blodige regnværet, uten å kunne gjøre noe med Lia, som fremdeles var i transe.

"Vi sørger for at hun ikke faller," sa E-Z, "resten av dere søker dekning."

PULSING.

DYTTING.

Så lynte det.

Etterfulgt av torden.

Erkeengelen Mikael brøt seg gjennom barrieren og fløy ned til han var i nærheten av E-Z.

"Jeg forstår at du har situasjonen under kontroll", sa Michael.

"Ja, Furienes essenser er i denne USB-en."

"Kast den til meg", sa Michael.

Som om han kastet en baseball til andre base, kastet E-Z USB-en i retning Michael, som strakte ut hånden, grep den og kapslet den inn i is. "I Eriel får selskap", sa Michael. "De kommer alle til å ligge på is i resten av evigheten. Og forresten, godt gjort, alle sammen!" Så fløy han vekk like raskt som han hadde kommet.

"Hva med Lia?" ropte E-Z, men Michael svarte ikke.

Jorden begynte å pulsere og vri seg selv om The Furies ikke lenger befant seg på den, og blodet rant ikke lenger fra himmelen eller rullestolen hans.

Lia svevde fortsatt med blikket rettet mot himmelen, som forandret seg fra blodige tårer til blått, og under føttene deres ble jordkratrene helet av gress og blomster.

Så ble alt stille, og Lia, fortsatt i transe, svevde ned på bakken igjen. Hun lå ned på bakken med armene fortsatt åpne, kjente gresset mot ryggen og smilte utmattet da hun krympet og ble ni og et halvt år gammel igjen.

"Går det bra med deg?" spurte E-Z, mens reven, blåskrika, vaskebjørnen, kardinalen og rådyret samlet seg rundt henne.

Lia åpnet øynene, og hun kunne se ut av dem. Hun så på hendene, og de var som de pleide å være.

"Det går bra", sa hun mens Lachie hjalp henne opp.

Sam merket med en gang at datterens klær ikke passet henne lenger. Han tok av seg superheltkappen og la den rundt skuldrene hennes.

"Takk pappa", sa Lia.

Det var første gang hun kalte ham det, og aldri før hadde han følt seg så stolt som da en tåre rant nedover kinnet hans.

✳✳✳

D ET BLÅ PÅ HIMMELEN virket lysere, som om stjernene blinket med øynene selv om det var dag, og gresset på bakken så ut til å danse i solstrålene som om det inneholdt diamantdugg.

Verken E-Z eller noen i teamet hans kunne snakke. Ingen ønsket å bryte stillheten eller forstyrre skjønnheten de var vitne til.

HVISPER.

HVISKE, HVISKE, HVISKE.

HVISKENDE, HVISKENDE, HVISKENDE HVISKEN.

Bladene som blåste i vinden. De lager en menneskelignende lyd. Men det var ikke vinden, det var stemmen til barn over hele verden som ble gjenfødt.

De som hadde blitt tatt av The Furies, dyttet kroppene sine opp av jorden og oppdaget at stemmene deres hadde kommet tilbake.

Barna lærte seg å gå, løpe eller krype på nytt, og ropene deres ga gjenlyd over hele verden:

"Jeg vil ha mammaen min!" skrek de gjenfødte, men sjeleløse barnekroppene.

"Jeg vil ha pappaen min!" ropte de gjenoppståtte barna med én stemme:

"WAH, WAH, WAH!"

"WAH, WAH, WAH, WAH!"

"WAH, WAH, WAH, WAH!"

De sjelløse, små barna beveget seg mot kantene og forflyttet seg til ulike steder, og bevegelsene var raskere enn lysets hastighet mens de fortsatte å jamre:

"Jeg vil ha mammaen min!"

"Jeg vil ha pappaen min!"

"WAH, WAH, WAH, WAH!"

"WAH, WAH, WAH, WAH!"

"WAH, WAH, WAH, WAH!"

I Death Valley, hvor sjelefangerne ble oppbevart og lagret,

POP

POP

Dørene fløy opp, som armer, og sjelene kom ut og lette etter kroppene de fortsatt var ment å være i. De fulgte barnas rop.

"Jeg vil ha mammaen min!"

"Jeg vil ha pappaen min!"

"WAH, WAH, WAH, WAH!"

"WAH, WAH, WAH, WAH!"

"WAH, WAH, WAH!"

Sjelene fløy fra barn til barn. De lette etter hjemmet der de hørte hjemme. Det var som å se barn leke sisten, mens hver sjel fant og gikk inn i den kroppen den var født i. Sjelene og kroppene ble ett igjen. SHHHHHHHHH.

For et øyeblikk var de små glade barn igjen, og lyden av glede fylte luften.

Tilbake i Death Valley omdirigerte Hadz og Reiki de hjemløse sjelene over hele verden som hadde gjemt seg siden de ikke hadde noen egne sjelefangere. Én etter én kom sjelene inn, og jorden begynte å helbrede seg selv.

Samantha kom ut av huset med babyene Jack og Jill i armene mens hun sang lavt for dem: "Hysj, lille baby, ikke gråt."

POP.

POP.

Hadz og Reiki dukket opp: "Vi klarte det!"

E-Z og teamet hans kastet armene rundt hverandre. De gråt og lo. Så gråt de igjen, fordi de hadde mistet en av sine egne. For tapet av en av sine egne: Brandy.

Lias telefon plinget. Det var en melding fra Brandy: "Jeg har ankommet kjøpesenteret - igjen! Jeg håper alle har det bra, og at vi har slått de heksene!"

"Brandy lever!" Lia forklarte, og så svarte hun: "Ja, det gjorde vi! Jeg forteller deg mer om detaljene senere."

"AHRHHRGHGHHH!" Charles Dickens skrek. Kroppen hans ristet og skalv. Da det sluttet, var han i transe med et uttrykksløst uttrykk i ansiktet og håndflatene vendt opp.

"Får han øye på hånden min?" spurte Lia.

En bok - den største innbundne boken de noensinne hadde sett - falt ned fra himmelen og landet i armene på Charles, og kraften fra den holdt på å slå ham omkuld. Charles holdt seg fast mens den enorme boken åpnet seg og bladde i sine egne sider helt til en stemme fra bokens indre lød:

"Jeg er Alternate Worlds Travelogue."

Selv om stemmen kom fra innsiden av boken, beveget Charles Dickens' lepper seg synkront med hvert eneste ord, mens barneskrik fortsatt lød i bakgrunnen:

"WAH, WAH, WAH, WAH!"

"WAH, WAH, WAH, WAH!"

"WAH, WAH, WAH, WAH!"

"Jeg vil ha mammaen min!"

"Jeg vil ha pappaen min!"

"WAH, WAH, WAH, WAH!"

"WAH, WAH, WAH, WAH!"

"WAH, WAH, WAH, WAH!"

"Jeg er sulten!"

"Jeg er tørst!"

Barna som en gang bodde nærmest E-Zs hus, marsjerte side om side mot det.

"Hør meg nå!" Alternate Worlds Travelogue holdt en monolog.

"Dette er et engangstilbud.

Hvis du blir valgt, må du velge.

Bare én gang, enten du vinner eller taper.

Ikke la denne muligheten gå fra deg.

For det vil ikke skje igjen noen annen dag."

Sidene ble bladd frem og tilbake. Fremover og så tilbake. Blafringen stoppet på et kapittel. Et kapittel med tittelen Alfred. Og der var det bilder av ham og familien hans. Alle var eldre. Alle sunne og friske. Han var ikke lenger trompetersvanen Alfred på bildene. Han var faren, ektemannen og mannen Alfred.

Med tårer i øynene kastet Alfred et blikk på E-Z. Blikket de sendte hverandre, sa alt. Han var nødt til å gå. E-Z nikket.

Så snudde Alfred seg mot Lia. Hun nikket også, vel vitende om at han måtte gå.

Trompetersvanen Alfred gikk inn i kapittelet som bar hans navn, og forvandlet seg tilbake til et menneske. Og fra sidene i Alternate Worlds Travelogue vinket han til vennene sine.

Nå ble sidene i Alternate Worlds Travelogue tilbakestilt til begynnelsen av boken. Sidene ble stokket om og om igjen, frem og tilbake, tilbake og frem, for til slutt å stoppe ved et nytt kapittel. Et kapittel oppkalt etter Lachie.

På bildet var Lachie et spedbarn. Foreldrene tok ham med hjem fra sykehuset. Spedbarnet på bildet bar et sykehusarmbånd som avslørte at Lachies egentlige navn var Andrew.

"Nei takk", sa Lachie. "Babyen og jeg skal snart dra hjem."

Alternate Worlds Travelogue smalt igjen med en slik kraft at Charles nesten falt omkull. Han kom seg opp igjen, og like etter begynte boken å bla igjen. Forover og bakover. Den stokket sider som en kortstokk, helt til den landet på kapittelet som het Haruto. På bildet var han sammen med moren og faren sin.

"Nei takk", sa Haruto med en gang. Han tok Sobos hånd i sin og sa til Lachie: "Kan du slippe oss av i Japan på vei hjem?"

Lachie nikket: "Jeg er glad for selskapet."

Denne gangen skjøt det flammer ut av boken før den ble lukket, og Charles holdt på å miste den.

Barnas ubesvarte rop fortsatte og ble høyere etter hvert som de nærmet seg E-Zs hjem:

"Jeg vil ha mammaen min!"

"Jeg vil ha pappaen min!"

"Jeg er sulten!"

"Jeg er tørst!"

"WAH, WAH, WAH!"

"WAH, WAH, WAH, WAH!"

"WAH, WAH, WAH, WAH!"

Charles lukket øynene.

"Var det alt? spurte E-Z.

"Hva med oss?" spurte Lia.

Charles' armer begynte å skjelve. Det var som om vekten av boken presset ned på armene hans. Så smalt boken igjen, med en slik intensitet at han snublet fremover og satte seg ned. Han krysset det ene benet over det andre og holdt boken mot brystet. Den fløy opp igjen, det samme gjorde Karls øyne, og igjen beveget sidene seg som sjøgress på havbunnen. Den smalt igjen. Så snudde den seg om på ryggen. I midten av boken dukket det opp en ramme. Først var den tom, som om den ventet på noe. Så flimret det og en film begynte.

En baseballkamp hadde allerede begynt på Dodger Stadium. Dodgers spilte mot Brewers. Og E-Z Dickens var catcher. Han sto bak platen og spilte som en proff. På tribunen sto foreldrene hans og heiet på ham.

JORDPAUSE.

I noen sekunder ble sollyset blokkert da Ophaniel brøt ut på himmelen og kom mot dem.

"E-Z, jeg ville bare si til deg, før du bestemmer deg, at uansett hva du bestemmer deg for å gjøre eller ikke gjøre, vil det få konsekvenser for andre."

"Som hva da?" spurte han, og tok ikke blikket bort fra den innrammede versjonen av seg selv og foreldrene, selv om de ikke lenger beveget seg i den.

"Tenk på ulykken ... hva ville ikke ha skjedd i verden hvis foreldrene dine aldri hadde dødd? Hvis du aldri hadde mistet følelsen i beina?"

Han kastet et blikk i retning onkel Sam og deretter på Samantha, Lia og tvillingene. Uten ulykken ville ingen av dem ha møtt hverandre. Tvillingene ville aldri blitt født.

"Hvis jeg bestemmer meg for å reise og leve ut drømmen min, hva vil da skje her?"

"Det er en risiko du må ta, og det kan jeg ikke svare på. Men jeg vet at du er katalysatoren og limet."

"Ok, takk for at jeg fikk vite det."

JORDEN FORTSETTER

Ophaniel gikk.

"Øh, nei takk," sa E-Z.

Han så på mens han og foreldrene forsvant. Skjermen ble tom. Rammen forsvant, og boken begynte å reise seg. Opp, opp, ut av armene til Charles.

Charles sto som om han fortsatt holdt den. Han stirret frem mot ingenting.

Da boken var langt over dem, begynte den å brenne. Det freste og stinket før restene var små nok til å bli løftet opp av vinden. Og Alternate Worlds Travelogue var ikke lenger.

Charles vendte tilbake til seg selv da barna ankom E-Zs gate i hopetall.

"Jeg vil ha mammaen min!"

"Jeg vil ha pappaen min!"

"Jeg er sulten!"

"Jeg er tørst!"

"WAH, WAH, WAH!"

"WAH, WAH, WAH, WAH!"

"WAH, WAH, WAH, WAH!"

"Kan jeg fortelle dem en historie?" spurte Charles.

"Det kan ikke skade", sa Lia.

Charles begynte å gjenfortelle historien om De tre steinblokkene. Barna sluttet å bevege seg, sluttet å skrike mens de hang på hvert eneste ord han sa - helt til han bråstoppet.

"Å, pokker!" ropte han og merket at hver eneste bit av ham ble borte, som om jorden hadde problemer med å overføre signalet hans.

"Vent!" sa E-Z. "Har du noen råd til en forfatterkollega?"

"Det finnes bøker der baksiden og omslaget er det beste - ikke la din være en av dem. Jeg kommer til å savne dere alle sammen!"

Noen sier at en lysstråle i akkurat det øyeblikket kom ned, løftet ham opp fra bakken og bar Charles Dickens opp i himmelen. Andre sier at han red av gårde på Little Dorrit, og at ingen av dem noensinne ble sett igjen. Det eneste de visste med sikkerhet, var at Charles Dickens forlot dem den dagen og aldri ble sett igjen.

"WAH, WAH, WAH!"

"WAH, WAH, WAH, WAH!"

"WAH, WAH, WAH, WAH!"

FIZZLE POP

En sjelefanger ankom. Den åpnet døren og skjøt fyrverkerier opp i luften.

Noen av babyene ble skremt av bråket, andre elsket det, men i alle tilfeller sluttet de å gråte.

Mens den skjøt farger opp i luften, smeltet de sammen og sa følgende:

KOM UT, KOM UT, KOM UT
HVOR ENN DU ER!

"Hva vil den?" spurte E-Z. "Eller rettere sagt, HVEM er det den vil?"

"Er det meg?" spurte Sobo.

"Nei, det er til meg," sa en stemme bak dem. Det var Rosalies stemme.

Alle snudde seg mot noe og forventet å se et spøkelse eller en ånd, men det de så, var ingen av delene. Det var Rosalies vesen ... det var alt de visste.

"Farvel, kjære Rosalie!" ropte Sobo.

Det var litt av en avskjed for Rosalies essens, med E-Z og teamet hans som ropte, vinket, kastet kyss og jublet for henne. Det var en sann feiring av alt hun hadde betydd for dem, da de kjære vennene deres gikk inn i sjelefangeren hennes og den fløy av gårde.

Nå som Charles var borte, begynte barna å rope igjen,

"WAH, WAH, WAH!"

"WAH, WAH, WAH, WAH!"

"WAH, WAH, WAH, WAH!"

I bakgrunnen hørtes en ny lyd. Lyden av føtter, mange føtter, som løp - fort.

Idet de strømmet inn i E-Zs gate, ble mammaene og pappaene og barna gjenforent med sine kjære, og denne gjenforeningen skjedde over hele jorden.

"Bravo!" sa E-Z til teamet sitt.

De vinket farvel mens Lachie, Baby, Haruto og Sobo fløy sin vei.

Nå var det bare E-Z og Lia igjen.

ZAP!

Den første Poppet ankom.

BONJOUR!

Etterfulgt av Francois.

"Ah, vi er for sent ute," sa han. "Vi har gått glipp av alt!"

Fra innsiden av huset hørtes Samanthas rop. "Å nei, det er noe som skjer med babyene!"

Alle løp inn til barneværelset. Jack og Jill sov tungt.

Sam la armen rundt kona. "De ser ut til å ha det bra," hvisket han.

"Men de har det ikke bra!" sa Samantha.

"Det kommer til å gå bra", sa Sam.

"De ser fine ut for meg også", sa E-Z.

"Du må bare vente," sa Samantha. "Bare vent, så får du se. Jeg ville ikke ha ropt hvis ikke..." Hun vaklet og vaklet som om hun skulle falle.

Alle så på og ventet. Ingenting skjedde på ti, femten, tjue eller til og med tretti minutter.

Så skjedde det plutselig noe.

Et gult og et grønt lys strålte ut fra Jack og Jills små kropper.

"Hadz? Reiki?" utbrøt E-Z.

POP.

POP.

Jack og Jill satte seg opp, slik eldre babyer er i stand til å gjøre. Noe Jack og Jill ikke kunne ennå.

Samantha besvimte, mens Sam tok imot henne.

"Hva i all verden driver dere to med?" forlangte E-Z.

"Kom dere ut derfra - nå!"

Hadz sa: "Som belønning ba vi om å bli menneske."

"Og vi trengte kropper", sa Reiki.

"Å, jøss", sa E-Z da det banket på ytterdøren.

"Er det noen hjemme?" spurte PJ og Arden.

EPILOGI

E-Z SKREV INN ORDENE: THE END. Da han var fornøyd med å ha fullført en serie på fire bøker, lukket han den bærbare datamaskinen.

"Skynd deg, E-Z!" ropte en mann bak ham.

E-Z tok av seg catchermasken og så seg rundt. Han sto bak platen og var catcher for Los Angeles Dodgers. Dommeren var i ferd med å børste av platen. Han reiste seg opp og gikk inn i utboksen, siden han var den siste spilleren som gikk av banen.

Han kjente igjen noen av spillerne da han beveget seg langs dugout og fulgte dem tett i hælene.

Han kjørte fingrene gjennom håret, som var helt blondt. Det var kortere og tettere klippet enn han noen gang hadde hatt før. Og han var høyere, definitivt over 1,85 meter.

Hva i all verden var det som foregikk? Sov han? Han kløp seg i armen. Det gjorde vondt.

"Du er på dekk, E-Z!" ropte slagtreneren.

Han fant en skjerm og sjekket speilbildet sitt. Han så på seg selv som om han var en fremmed.

"Jorden rundt til E-Z," sa treneren.

"Beklager, trener", sa E-Z mens han gikk mot utstyrshangaren. Flaggermusen var merket, og det samme var resten av utstyret hans. Han tok det på seg og gikk inn i innkastsirkelen.

Han justerte albuebeskytterne og gjorde seg klar til det første kastet. Sammen med lagkameraten ved platen tok han et par prøveslag. Mens han ventet, ble han oppmerksom på bevegelser på tribunen bak dugouten. Det var moren og faren hans.

"Kom igjen, gutt!" ropte faren.

Han ga foreldrene tommelen opp og så på lagkameraten som slo en singel og kom seg trygt til første base.

E-Z gikk inn i slagboksen, sa stopp, gikk ut igjen og trakk pusten dypt.

Ta deg sammen, sa han til seg selv. Jeg vil ikke skuffe laget. Fokuser. Konsentrer deg.

Han løftet armen for å vise dommeren at han var klar, og gikk så tilbake til platen.

"Kom igjen, E-Z!" ropte moren.

Han konsentrerte seg og så på at det første kastet gikk forbi. Sannsynligvis i over 160 kilometer i timen. Han forberedte seg på det andre kastet. Han svingte og bommet. Lagkameraten stjal en base og landet trygt på andre base.

Dette er for mye. Jeg er ikke klar. Jeg må våkne opp. Jeg må våkne - NÅ.

Det andre kastet fløy forbi. Han svingte, men fikk ikke kontakt. Det tredje kastet kom, og han traff. Han så at lagkameraten prøvde å nå tredje base, men ble kastet ut. Han nådde nesten frem til første base i tide, men det andre laget fikk til et dobbeltspill. Med to ute gikk han tilbake til utkikksposten for å ta på seg fangstutstyret.

"Du tar dem neste gang!", sa faren.

Selv om han ikke nådde basen, var han i drømmen sin. Han levde ut drømmen sin. Men hvordan? Han hadde avslått tilbudet fra Alternate Worlds Travelogue.

Få meg ut herfra! Jeg vil ikke ha det slik! Hvor er onkel Sam? Hvor er Lia? Hvor er tvillingene?

Hodet hans var fylt av latter mens han falt til bakken og fortsatte å falle. Helt til han landet med et dunk på et tregulv i en hytte eller et skur. Få sekunder etter at han hadde landet, begynte det å brenne.

På den andre siden av rommet satt en liten jente. Først trodde han at det var Lia, men denne jenta hadde rødt hår. Han prøvde å vekke henne, men hun rørte seg ikke.

Bak ham ble ytterdøren kastet ut av hengslene. En mørk, innhyllet skikkelse kom inn, sammen med en kortere skikkelse med hette. Sammen bar de jenta ut.

"Hjelp meg!" ropte han.

"Hjelp deg selv!" sa en kvinnestemme, den høyeste av de to skikkelsene, mens veggene begynte å rase rundt ham.

Han var tilbake på stadion, på ryggen på bakken og så opp i foreldrenes øyne.

"Det kommer til å gå bra", kurret de.

Takksigelser

Kjære lesere,

Nå er vi kommet til slutten av E-Z Dickens-serien. Jeg håper dere likte å lese den like godt som jeg likte å skrive den.

Siden dere har fulgt meg gjennom hele serien, vil jeg rette en siste TAKK til dere, mine lesere. Dere er fantastiske!

Som alltid ønsker jeg dere god lesing!

Cathy

Om forfatteren

Cathy McGough bor og skriver i Ontario, Canada,
sammen med sin mann, sønn, to katter og en hund.
Hvis du vil sende en e-post til Cathy,
kan du kontakte henne her:
cathy@cathymcgough.com
Cathy elsker å høre fra
leserne sine.

Om forfatteren

Også av:

NON-FICTION

103 innsamlingsidéer for frivillige foreldre i skoler og lag
Schools and Teams (3. PLASS BESTE REFERANSE 2016
METAMORPH PUBLISHING)